Klara, Swenson, Püppie und ein Saxophon

Von Susanne Hennig

AF200666

Klara erhält anonyme Briefe, die sie in Angst und Schrecken versetzen.

Sie flüchtet nach Schottland und trifft auf Swenson, der mit Püppie in ihrem Ferienhaus wohnt. Und schon sind die Probleme vorprogrammiert.

Eine heitere Liebesgeschichte und ein kleines bisschen Thriller.

SUSANNE HENNIG

KLARA, SWENSON, PÜPPI UND EIN SAXOPHON

Impressum

2. Auflage 2023
Copyright © 2019 Susanne Hennig
Helsinkierstr. 69, 18107 Rostock

Cover: Constanze Kramer, coverboutique.de

Bildnachweise: ©Marta Jonina – stock.adobe.com,
©tomertu – shutterstock.com, rawpixel.com,
elements.envato.com, unsplash.com

Korrektorat: Vanessa Streng, www.BuchGestalt.com

Buchsatz: Constanze Kramer, coverboutique.de

Herstellung und Verlag:
BoD – Books on Demand, Norderstedt

ISBN: 978-3-75190-209-0

Neuigkeiten gibt's auf Facebook
www.facebook.com /Susanne Hennig

Danksagung

Ich bedanke mich bei meiner Nichte Corina
für ihre unerschütterliche Geduld und Hilfe.

Bei meinen Testleserinnen Angelika und Uschi,
sowie bei den Schreibbuddies. Mädels ihr seid die Besten.

Und natürlich auch bei meinem Ehemann,
ohne den ich verhungert wäre.

Inhalt

1. Kapitel

»Ich möchte eine Anzeige machen.« Klara schob einen zerknitterten Zettel über den Tresen. Der Polizist blickte erst sie, dann das vor ihm liegende Blatt Papier fragend an. Er entschied sich, den Dienstweg einzuhalten, und fragte zuerst ihre Daten ab. »Name?«

Klara verkniff sich mühsam ein Augenrollen und antwortete mit scharfer Stimme: »Klara.« Sie holte Luft und rasselte ihre Adresse herunter.

»Also, Frau Martinek, ich glaube kaum, dass wir zu einem Ergebnis kommen.« Der Beamte nahm das vor ihm liegende Blatt und wendete es in seinen Fingern hin und her.

»Ist das alles? Oder gibt es davon noch mehr?«

Klara schüttelte so vehement den Kopf, dass ihre braunen Locken nur so flogen.

»Nein, das ist der erste Brief. Jemand hat ihn unter meiner Wohnungstür durchgeschoben.«

Der Beamte nickte und fragte weiter: »Haben Sie dazu vielleicht noch einen Umschlag?«

»Nein, tut mir leid. Der Zettel lag hinter meiner Wohnungstür. Ich bin draufgetreten.« Sie tippte mit ihrem Zeigefinger auf einen blassbraunen Abdruck, einer Fußsohle.

Fasziniert starrte der Polizist auf ihren rot lackierten Fingernagel. Leckte sich über die Lippen und sah vor seinem inneren Auge ein anderes Bild auftauchen. – Lange schlanke Finger mit dunkelroten Nägeln, die sich an seinem Hemd zu schaffen machten.

»Hier, sehen Sie.«

Als der Mann nicht reagierte, unterbrach sie ihre Rede und schwieg.

Verärgert raffte sie das Blatt zusammen und schnaubte: »Wollen Sie mir nun einen Rat geben, wie ich damit umgehen soll, oder soll ich mich einfach umbringen lassen, wie es mir hier angedroht wird?«

Entrüstet wedelte sie den Drohbrief durch die Luft.

Erschrocken wachte der Beamte aus seiner Trance auf und stotterte.

»Tut mir leid, natürlich nicht.«

Die Stirn in Falten gezogen gab er zu bedenken: »Könnte sich jemand aus Ihrem Bekanntenkreis einen schlechten Scherz erlaubt haben?«

Er versuchte, den unprofessionellen Eindruck zu verwischen, indem er hinzusetzte: »Sie müssen wissen, Sie passen so gar nicht in das Profil der Leute, die normalerweise solche Briefe bekommen.«

Geräuschvoll räusperte er sich, schaute verstohlen von rechts nach links und beugte sich näher zu ihr hin: »Oder sind Sie vermögend?«

»Na ja, wie man es nimmt.«

Klara neigte sich über den Tresen und wisperte: »Richtig reich bin ich nicht. Ich habe eine Produktionsfirma, die fürs Fernsehen verschiedene Formate produziert.« Sie setzte hinzu: »Gilt das als reich?«

Sie richtete sich auf und pustete sich Luft unter den Pony.

Der Beamte hielt einen Moment inne, als dächte er angestrengt nach: »Was genau produzieren Sie? Eventuell haben Sie sich da einen Feind gemacht.«

Klara rieb sich das Kinn und schüttelte ihren Kopf, ehe sie widersprach: »Nein! Ich bin mir sicher. Ich glaube nicht, dass ich Feinde habe.«

Einen Augenaufschlag lang wartete sie die Reaktion des Polizisten ab. Als dieser sie zweifelnd anschaute, schnappte sie sich das Blatt, knüllte es zusammen und warf es zielgenau in den in der Ecke stehenden Papierkorb.

»Das war's.«

Sie rieb sich die Hände, wandte sich um, stürmte zur Tür hinaus und rief: »Danke für Ihre Mühe. Ich regle das selbst.«

Draußen auf dem Gehsteig vor dem Revier verpuffte ihre zur Schau getragene Coolness wie ein Soufflé im Wind. Sie lehnte sich an die Hauswand und atmete durch. Dabei blickte sie argwöhnisch die Straße vor sich hinauf und herunter.

Sollte sie jemand verfolgt haben und jetzt auf sie warten?

Nein, sie nahm niemanden wahr, der sich auffällig verhielt. Oder doch? Sie zweifelte.

Der Mann drüben auf der anderen Straßenseite, der das Schaufenster betrachtete, vielleicht?

Nein, redete sie sich zu. Das ist ein Fotogeschäft, da ist es nur natürlich, sich die Auslagen anzusehen. Schließlich war das genau ihr Zweck, die Aufmerksamkeit auf die Waren im Fenster zu lenken.

»Stell dich nicht so an«, brabbelte sie vor sich hin.

Klara stieß sich von der Wand ab, fuhr mit den Fingern durch ihren Lockenkopf, in dem vergeblichen Versuch, ihre Mähne in Form zu bringen. Eilig setzte sie ihren Weg in die Stadt fort.

Schnell weg von hier.

Auf der Straße fühlte sie sich ungeschützt. Gänsehaut rieselte ihren Rücken hinunter. Dieses Gefühl erschreckte und beunruhigte sie. Ihr pochte das Herz im Hals und sie fühlte ein Brennen in der Kehle. Mit einer Hand stützte sie sich an der Hauswand ab und wischte sich den kalten Schweiß von der Stirn. Ihre Brust verengte sich. Solche Reaktionen hatte sie niemals zuvor erlebt.

Bisher hatte sie es geliebt, sich im Strom der Leute treiben zu lassen, hatte sich beim Bummeln durch die Fußgängerzone entspannt.

Weg von hier – sofort, dachte sie und setzte sich in Bewegung.

Obwohl! Sie stockte, blieb stehen, die verärgerten Menschen, die ihr meckernd auswichen, kümmerten sie nicht.

Nach Hause?

Der Gedanke an ihr Zuhause und die Frage, was geschah, wenn der Unbekannte in ihre Wohnung einbrach und sie zufällig daheim wäre, nahm ihr die Luft.

Sie streifte sich durch ihre Locken, wie sie es immer tat, wenn sie sich nervös oder gestresst fühlte. Zusätzlich drängte sich ihr eine weitere Frage auf. Wo soll ich hin?

Ich habe zwei Möglichkeiten, überlegte sie, zu Dedes Eltern nach Usedom oder zu Dilenn selbst.

Das Oder war die ganz große Antwort und, wie ihr schien, die vernünftigste Lösung. Denn wenn sie am Abend überraschend bei ihren Eltern aufschlug, würde sie zwar liebevoll versorgt, aber – und dessen war sie sich zu einhundert Prozent sicher – gnadenlos ausgefragt.

Außerdem war es erforderlich, dass sie morgen pünktlich am Flughafen war, wollte sie am Nachmittag zum Meeting des Senders in Köln erscheinen. Blieb nur eine Lösung.

Im Stillen betete sie, dass ihr das Glück hold sein möge. Sie fingerte in ihrer Tasche nach ihrem Smartphone. Vergeblich! Das verflixte Teil hatte sich wieder mal in den Untergrund gegraben. Ungerührt, die verwunderten Blicke, mit denen sie die Leute bedachten, nicht bemerkend, bückte sie sich reichlich undamenhaft und kramte in ihrer riesigen Ledertasche nach diesem vermaledeiten Telefon. Ein paar Augenblicke später zog sie es triumphierend heraus. Während sie wählte und wartete, setzte sie sich in Bewegung, strebte zügig zum Cityparkhaus. Hier hatte sie vor ein paar Stunden ihren gelben Käfer geparkt.

»Ja, bitte«, meldete sich eine weibliche Stimme am Telefon.

»Oh, Gott sei Dank, Dede! Du gehst ran«, atmete Klara erleichtert auf.

Erst jetzt bemerkte sie, dass sie vor Spannung die Luft angehalten hatte, denn eine unüberhörbare Erleichterung schwang in ihrer Stimme mit.

»Was ist los?«

Klara überhörte die Frage und redete weiter. »Seid ihr in der Mühle? Ich würde gerne jetzt zu euch rauskommen. Außerdem habe ich meine Patennichte schon lange nicht mehr gesehen. Was meinst du?«

Dilenn am anderen Ende lächelte. Klara konnte förmlich hören, wie sich ihre Mundwinkel zu einem Grinsen verzogen.

»Du hast Glück, wir sind gestern angekommen. Auf der Insel wird es jetzt doch zu ungemütlich. Ich warte auf dich. Wir bringen Hebe zusammen ins Bett und dann klönen wir. Bis gleich.«

Inzwischen war Klara im Parkhaus angekommen und wie immer stellte ihr sich die Frage: Wo zum Teufel steht mein Auto? Jedes Mal fand sie ihren Käfer an anderer Stelle wieder als da, wo sie glaubte, ihn geparkt zu haben. Im Stillen war sie der Meinung, dass ihr Auto ständig von Heinzelmännchen, nur um sie zu ärgern, umgestellt wurde. Sie kaute auf ihrer Lippe und versuchte, sich zu erinnern, auf welchem Parkdeck sie die Karre abgestellt hatte. Ihren Autoschlüssel in der Hand eilte sie durch die Reihen der geparkten Wagen. Bei jedem aufleuchtenden Gelb drückte sie auf den Knopf an ihrem Wagenschlüssel und hoffte, dass ihr ihr Käfer zuzwinkerte.

Zum Glück und fand sie ihr Auto schon auf dem dritten Parkdeck, ordentlich abgestellt auf einem der speziell für Frauen reservierten Plätze.

Hätte ich mir aber auch merken können, rügte sie sich innerlich und stieg ein. Draußen bog sie in die Lange- Straße ein. Am neuen Markt düste sie quasi bei Hellrot über die Kreuzung und fuhr am Strand entlang zur Stadtautobahn. Dort fuhr sie über Lütten-Klein nach Lichtenhagen-Dorf und kam wenig später vor der Mühle an.

Kaum, dass sie ihren Käfer in der Einfahrt parkte, wurde die Haustür aufgerissen.

Klara hockte sich nieder und breitete die Arme aus. Ein kleines Mädchen wackelte jauchzend auf sie zu. Sie erhob sich, ließ das überschwänglich kreischende Kind im Kreis herumwirbeln. Derweil stand Dilenn in der Tür und sah lächelnd dem fröhlichen Treiben der beiden zu.

»Stopp.« Sie hob die Hand. »Euch wird noch schlecht von der Dreherei!« Lachend fing sie ihre Tochter aus Klaras Armen auf.

»Herein mit dir.«

Sie schob Klara vor sich ins Haus. Drinnen setzte sie die Kleine auf ihre Spieldecke im Wohnzimmer. Dann wandte sie sich ihrer Freundin zu und umarmte sie.

»Schön, dass du da bist.«

Klara nickte und erwiderte die Umarmung.

»Kann ich heute Nacht bei euch bleiben?«, fiel sie mit der Tür ins Haus.

»Selbstverständlich! Du musst sogar, sonst können wir die hier nicht vernichten«, mischte sich Nick ins Gespräch ein und hielt eine Flasche hoch. Er lächelte die zwei Frauen an, dann umarmte er Klara. »Schön, dich mal wieder zu sehen.«

»Oh, das hätte ich beinahe vergessen.«

Klara, die es sich eben auf dem Sofa bequem gemacht hatte, sprang auf und flitzte noch einmal nach draußen: »Komme gleich zurück.«

Verwundert schauten Dilenn und Nick ihr nach. Dann hörten sie Klara schnaufen. Sie schleppte ein Paket mit einer riesigen rosa Schleife herein.

»Hätte ich doch glatt vergessen. Ein Geschenk für meine Lieblingsnichte.«

Sie kniete sich mit dem Ungetüm vor Hebe nieder und kitzelte das Kind am Bauch.

»Hier, meine Süße, das ist für dich. Wollen wir es aufmachen?«

Das Mädchen klatschte freudig in ihre Händchen riss mit Klaras Hilfe ohne Federlesen das Papier und die Schleife ab.

Kopfschüttelnd standen die Eltern daneben und beobachteten, wie ihre Tochter außer Rand und Band geriet, als Klara aus dem Papier ein altmodisches Schaukelpferd herausschälte.

Begeistert jauchzend kletterte das Kind in den Sattel und schaukelte virtuos durch den großen Wohnraum.

»Du bist durchgeknallt«, schüttelte Dilenn den Kopf und strahlte. »Genau deshalb liebe ich dich.« Dabei umarmte sie Klara und lugte über deren Schulter hinweg Nick an, der mit Hebe zusammen auf dem Pferd hockte und hingebungsvoll ritt.

Später am Abend, als Hebe friedlich in ihrem Bett lag, nicht ohne Begleitung ihres neuen Hottehühs, dessen Zügel sie auch jetzt noch, im Schlaf, fest in ihrer kleinen Faust hielt, erzählte Klara ihnen von dem Drohbrief und ihrer Angst, allein zuhause zu sein.

»Hast du den Wisch bei Dir?«

Klara nickte und holte den zerknitterten Zettel hervor. Zum Glück hatte sie ihn geistesgegenwärtig beim Hinausgehen aus der Polizeidienststelle aus dem Papierkorb gefischt.

Nick las die drei Worte, die mit ausgeschnittenen Zeitungsbuchstaben aufgeklebt waren, laut vor: »Du bist tot.« Er sah Klara mit ernster Miene an. »Hast du eine Ahnung, worauf sich das hier bezieht?« Er reichte den Zettel an seine Frau weiter.

Dilenn erbleichte, rückte ein Stück dichter an Klara heran und legte ihr beschützend den Arm um die Schultern.

»Ob es sich nicht doch um einen Scherz handelt?«, mutmaßte Klara und setzte hinzu: »Der Polizist war anscheinend derselben Meinung. Der war völlig von der Rolle. Ich glaube, er war überfordert. Da bin ich erstmal abgehauen.«

»Das hast du richtig gemacht. Mit solchen Dummköpfen brauchst du dich nicht abzugeben«, stimmte Dilenn ihr zu.

Nick zog skeptisch die Augenbrauen nach oben und hielt dagegen: »Du hättest auf eine Anzeige bestehen sollen.«

Dilenn winkte ab. »Ach was. Ich rufe nachher Zac an, der hat sowieso viel zu viel Langeweile bei seinem Bürojob. Der wird sich kümmern.« Sie setzte euphorisch hinzu: »Ich bin mir sicher, dass er rauskriegt, was hier gespielt wird.«

»Mach dir keine Mühe«, wiegelte Klara ab. »Ich denke, es ist nur ein schlechter Scherz, den sich jemand mit mir erlaubte.« Klara winkte ab. »Morgen früh fahre ich nach Hamburg und von dort aus fliege ich nach Köln. Ich muss zum Sender.«

Die Augenbrauen skeptisch bis zum Haaransatz hochgezogen musterte Dilenn ihre Freundin. »Wenn du meinst.« Sie stupste ihren Ehemann liebevoll in die Seite: »Trotzdem rufe ich nachher Zachariah an.«

»Und was genau willst du ihm erzählen?«

»Nichts. Das wirst du tun.«

»Ich?« Nick zeigt fassungslos mit dem Finger auf sich. »Was soll ich ihm erzählen?«

»Stell dich nicht so an. Alles natürlich.« Dilenn nickte und wedelte aufgeregt mit den Händen. »Du wirst meine Kontakte spielen lassen. Wozu sind Freunde da?«

Nick beugte sich zu seiner aufgeregten Frau und verpasste ihr einen herzhaften Knutscher auf den Mund. »Was immer du wünschst.«

Er grinste sie schelmisch an. Dilenn schlug ihm spielerisch auf den Arm. Klara, die daneben saß, hatte Mühe, sich das Lachen zu verbeißen. Nick lächelte durchtrieben, haschte nach Dilenns Hand, sanft hauchte er ihr einen Kuss auf den Handrücken, dabei blitzte ihr aus seinen Augen die Liebe entgegen.

Dilenn spürte, wie sie vor Freude über diese Liebeserklärung errötete.

Die Hand schamhaft vor ihren Mund gepresst, gähnte Klara herzhaft. »Wenn ihr nichts dagegen habt, verziehe ich mich.« Sie erhob sich und schlurfte an den beiden Turteltäubchen vorbei, nicht ohne Dilenn vielsagend zuzuzwinkern.

***

Wie betäubt hörte Klara den Ausführungen des Abteilungsleiters zu. Sie glaubte, im falschen Raum zu sitzen.

Das ist alles doch nur ein Irrtum, dachte sie. Ihre Sendung, ihr Baby, nicht mehr zeitgemäß?

Sie vernahm die Worte, die wie durch Watte an ihr Ohr und in ihr Bewusstsein drangen.

Kalt und schonungslos, ohne mit der Wimper zu zucken, zählte er auf: »Nicht mehr genug Zuschauer, stetig sinkende Einschaltquoten.«

Sie wünschte, es möge sich unter ihren Füssen ein tiefes Loch auftun, damit sie hindurch rutschen könnte. Sie würde auf der anderen Seite auftauchen, erwachen und alles wäre nur ein Albtraum gewesen.

Doch leider geschah nichts dergleichen. Stattdessen kam sie sich wie auf einem Schleudersitz vor und erlebte ihren Rausschmiss hautnah mit.

Endlich, das Meeting war vorbei. Klara erhob sich, stakste auf den Programm-Chef zu, reichte ihm die Hand, verabschiedete sich und marschierte mit hocherhobenem Kopf und steifem Rücken aus dem Konferenzraum.

Der Scheißkerl sollte nicht merken, dass er ihr gerade ihre Existenz, die ihrer wenigen Mitarbeiter und – was ganz wichtig war – ihre Träume mit einem teuflischen Lächeln zu Brei getreten hatte.

Später, als sie in der kleinen Eck-Bar am Tresen saß, wurde ihr bewusst, dass sie ihre Mitarbeiter fristlos feuern musste. Schwer seufzend erkannte sie, dass sie es sich nicht leisten konnte, auch nur einen von ihnen länger zu behalten.

»Was solls sein?«, fragte die Barkeeperin und musterte sie ungeniert.

Auch das noch, dachte Klara und kam sich im Augenblick überflüssig vor. Sie schob sich ihre Sonnenbrille aus den Haaren auf die Nase. Jetzt fühlte sie sich besser, geschützter. Die getönten Gläser versteckten die verräterischen roten Ränder um ihre Augen herum. Das ihre Aufmachung mit Brille im Halbdämmerlicht der Bar mehr als deplatziert wirkte und zusätzliche Aufmerksamkeit auf sie lenkte, war ihr völlig egal.

»Einen doppelten Wodka bitte.«

Die Frau nickte, nahm ein Glas und goss ihr die wie Öl fließende, eiskalte Flüssigkeit ein.

»Ach, geben Sie mir einen Dreifachen. Ist sowieso alles schnurz.«

»Wie Sie wollen.« Die Barkeeperin ließ das Glas über den Marmor in ihre Hand rutschen.

Klara setzte an und schluckte den Alkohol auf ex hinunter. Gleich darauf hielt sie ihr Glas noch einmal hin. »Noch einen bitte.«

Die Frau zuckte spöttisch mit der Augenbraue und schob ihr das Glas abermals zu und meinte: »Schnaps ist keine gute Idee.«

Klara stützte ihren Ellenbogen auf dem spiegelblanken Tresen ab und bettete ihren Kopf darauf und döste eine Weile vor sich hin. Es schien, als tröpfelten die Worte der Barkeeperin langsam in ihren Verstand.

Sie nuschelte leicht verwaschen: »Das weisch isch. Nur heu ... heute isch mirsch eeegal.«

Die Keeperin nickte verständnisvoll: »Ist wohl manchmal so. Ich rufe Ihnen jetzt ein Taxi.«

2. Kapitel

»Hallo, hallo! Verdammt, wo steckte Sie?« Swenson lief um das kleine Cottage herum und rüttelte an der verschlossenen Wintergartentür. Als sich auch hier nichts regte, legte er seine Hände rechts und links neben sein Gesicht und spähte durchs Fenster. Scheinbar war niemand zu Hause.

»Was schnüffeln Sie hier herum?« Erschrocken fuhr er hoch und schaute sich um. Hinter ihm stand eine winzige rosa Person. Bedrohlich knisterte der weiße Kies unter ihren Füßen, als sie ihm mit ihrem Gehstock droht.

Swenson hob beschwichtigend die Arme. »Scht, scht, mein Name ist Swenson, Arved Swenson«, stellte er sich vor. Die alte Lady stockte, nahm ihren Stock herunter und blinzelte ihn über ihren pinkfarbenen Brillenrand hinweg an, wobei sich ihr Mund zu einem Lächeln verzog.

»Ach ja, Sie sind der junge Mann, der das Ferienhaus gemietet hat.«

Jetzt, wo er nicht mehr bedroht wurde, nahm er sich die Freiheit, sie ausgiebig zu mustern. Es kostete ihn seine gesamte Selbstbeherrschung, sich ein Grinsen zu verkneifen. So kämpferisch und pink, wie sie sich vor ihm aufgebaut hatte, erschien sie ihm klein, fast schon winzig. Sie war eine vom Scheitel bis zu ihren Boots rosa-goldene Lady, die in ihrer goldglänzenden Tasche, in der sie fast verschwand, kramte.

»Da ist er ja«, triumphierte sie und zog einen riesigen eisernen Schlüssel hervor und steckte diesen ins Schloss. Fast hätte Arved erwartet, dass die Tür sich mit einem knarrenden Geräusch öffnete. Stattdessen sprang sie leise auf. Er trat in den Flur und von dort aus weiter in ein mit geblümten Sofas und einem großen Kamin bestücktes Zimmer. Die alte Dame war inzwischen weitergegangen und rief ihn aus der angrenzenden Küche zu sich.

Als er ihr folgte, stand sie mitten im Raum und zeigte stolz auf einen AGA-Herd. Verblüfft betrachtete er den Ofen und war sich sofort im Klaren darüber, dass das Haus um dieses Ungetüm herum gebaut worden war. Niemals hätte der Monsterherd durch die Türen gepasst.

»Sie dürfen hier nichts verstellen.« Die alte Dame hob lehrerinnenhaft den Zeigefinger.

Arved nickte ergeben.

Von draußen ertönte durchdringendes Gewinsel aus seinem dort abgestellten Auto.

Swenson betrachtete angestrengt die rotgeblümten Gardinen. Die rosa Lady wandte ihren Kopf lauschend hin und her.

»Hören Sie das auch?«

»Was? Nein ...«

»Halten Sie mich für dumm?«, schimpfte sie und stemmte ihre die Arme in die Hüften.

»Ich höre doch ganz genau das Winseln eines Hundes.«

Kurz entschlossen schob sie ihn zur Seite und stapfte an ihm vorbei, hinaus zu seinem Wagen und linste durch die Scheiben ins Innere. Auf der Rückbank saß ein pummeliger Hund und starrte ebenso zurück.

Sie richtete sich auf, reckte ihre ein Meter fünfzig in die Höhe und meckerte: »Haustiere sind verboten.«

Gesenkten Hauptes erwiderte er: »Das weiß ich. Aber ...« Er setzte samtig schmeichelnd hinzu: »Was sollte ich denn tun? Sie ist doch noch so winzig.«

»Winzig?« Erbost schnappte sie nach Luft, ehe sie mit dem Finger, auf den jetzt auf der Rückbank wild auf und ab hüpfenden Welpen zeigte.

»So was nennen Sie klein!«

»Na ja«, wandte Swenson ein. »Noch ist sie winzig. Sie ist ein Bernhardiner und erst drei Monate alt.«

Er öffnete die Autotür. Wie ein Blitz schoss das Fellbündel heraus und warf sich der alten Dame mit Jaulen und Winseln vor die Füße. Überwältigt von der Charmeoffensive beugte sie sich hinunter und kraulte das sich hin und her winselnde, Schwanz wedelnde knäul Fell.

Ein verstecktes Lächeln umspielte ihre Lippen, während sie von unten herauf bestimmte: »Wenn er etwas zernagt, dann bezahlen Sie den Schaden, und ins Bett kommt er auf gar keinen Fall.«

»Aber natürlich, gar keine Frage, ist mir vollkommen klar«, versprach Swenson, nickte und schüttelte abwechselnd den Kopf.

Er beugte sich hinab, hob das Fellbündel, das ihm vor Begeisterung mit der Zunge das Gesicht ableckte, auf.

»Sag guten Tag, Püppie.« Er nahm ihre Pranke und hielt sie der Lady hin.

Schmunzelnd ergriff sie die ihr hingehaltene Pfote und schüttelte sie. »Herzlich willkommen in Aberarder.«

Sie wandte sich zu Swenson um, hob den Finger und sagte streng: »Sie wissen Bescheid.«

Dann stolzierte sie hoch erhobenen Hauptes an ihm vorbei. Lächelnd sah Swenson ihr nach, wie sie demonstrativ auf ihren glänzenden Stock gestützt die Auffahrt hinabmarschiert.

»Das hast du fein gemacht.«

Er knuddelte das Hundemädchen und setzte sie auf den Boden. Dort blieb sie, platt auf dem Bauch und alle Viere von sich gestreckt, liegen. Sie schnaufte aus tiefster Seele zufrieden auf, während Swenson das Auto ausräumte. Als er ihren Korb endlich hereinschleppte und neben dem Herd abstellte, hatte sie nichts Eiligeres zu tun, als sich darin zusammenzurollen, noch einmal tief und zufrieden aufzuseufzen und im Handumdrehen einzuschlafen.

***

Wo zum Teufel steckte sie bloß, dachte er. Seit Tagen quoll ihr Briefkasten über. Missmutig stapfte er die Treppe hinauf. Von oben hörte er Schlüsselgeklapper und hüpfende Schritte, die sich näherten. Er blieb stehen, beugte sich über das Geländer, um nach unten zu spähen.

»Einen wunderschönen Tag, Frau Nachbarin«, grüßte er und lüpfte dabei mit einer leicht angedeuteten Verbeugung seinen altmodischen Hut.

Klara blieb stehen, nickte ihm zu.

»Ebenfalls«, grüßte sie zurück.

»Sie sind heute wieder mal sehr in Eile, wie ich sehe.«

Innerlich rollte Klara mit den Augen, aber sie setzte ein strahlendes Lächeln auf, ehe sie erwiderte. »Sie haben recht, Herr Graf. Ich bin in Eile.«

Sie hoffte, ihren Nachbarn von oben schnell abzuwimmeln.

Er war ein älterer, sehr gepflegter und hilfsbereiter Mann. Hätte er ihr vor einiger Zeit nicht schon einmal aus der Bredouille geholfen, als sie ihren Schlüssel zur Wohnungstür abgebrochen hatte. Würde sie heute nach einem Gruß an ihm vorbeischreiten und ihn nicht weiter beachten, aber so … Sie blieb stehen und hielt einen kurzen Plausch mit ihm. Schließlich fragte sie: »Ich bin auf dem Weg zum Supermarkt, soll ich Ihnen vielleicht von dort was mitbringen?«

Graf strahlte sie an: »Oh, das wäre nett, ich könnte noch einige Illustrierte gebrauchen.« Er beugte sich vor und flüsterte mit seitlich an seinen Mund gelegter Hand: »Ich liebe diese Klatschzeitungen, aber wenn ich die als Mann kaufe ….« Er hob vielsagend eine Augenbraue, ehe er weitersprach: »Ist schon ein wenig peinlich.«

Klara lächelte und nickte: »Verstehe.« Sie setzte sich in Bewegung und sprang leichtfüßig die Stufen hinab. Unten drehte sie sich um und rief nach oben: »Bis gleich.«

Walter Graf wartete, bis die schwere Haustür krachend ins Schloss fiel. Mit wenigen Schritten stürmte er die Treppe hinunter zu den Hausbriefkästen. Mit einem Blick erfasste er, dass Klara ihre Post herausgenommen hatte. Über seine Miene huschte ein Grinsen, während er die Treppe hinaufschritt und seine Wohnung betrat. Dunkel und gespenstisch düster wirkte der Flur. Von der Decke herab baumelte eine nackte Glühlampe. Nachdem er seinen Mantel und den Hut abgelegt hatte, schlurfte er ins angrenzende Wohnzimmer.

Im krassen Gegensatz zum Flur war dieser Raum penibel aufgeräumt, ja fast schon klinisch sauber. Nirgends lag auch nur ein Fitzelchen herum. Auf der Fensterbank standen die Blumentöpfe ausgerichtet wie die Soldaten beim Spalierstehen. Aus dem Schrank nahm er eine Wachstuchtischdecke, legte diese über den Couchtisch. Leise vor sich hin summend holte er eine große Schere, Pinsel, weiße Blätter und eine Flasche flüssigen Klebstoff und legte alles auf den Tisch. Daneben stapelte er einige bunte Zeitschriften, genauso exakt in Linie ausgerichtet wie die anderen Utensilien. Als es klingelte, hielt er die Schere und eine Zeitschrift in den Händen. Er beabsichtigte gerade, die ersten Buchstaben auszuschneiden.

»Aha, der Nachschub«, sagte er zu sich selbst, erhob sich und schritt zur Tür.

Aus seiner Brieftasche fischte er einen Geldschein, um ihn Klara, wenn sie es war, in die Hand zu drücken.

Er riss seine Wohnungstür auf und sofort überzog ein strahlendes Lächeln sein Gesicht.

»Hier, Ihre Zeitschriften.« Klara streckte ihm die Illustrierten entgegen.

»Danke, vielen, vielen Dank!« Er reichte ihr das Geld und verbeugt sich mehrmals ehrerbietend vor ihr. Klara war sein übertriebenes Gehabe peinlich.

Schnell wandte sie den Kopf herum und schaute, ob jemand Zeuge dieser lächerlichen Szene wurde. Erleichtert atmete sie auf. Gott sei Dank nicht.

Komischer Kauz, dachte sie, als er hinter seiner Tür verschwand.

Sie schüttelte noch immer den Kopf, als sie ihre eigene Behausung betrat. In der Küche setzte sie sich Wasser für eine Tasse Tee auf. Während sie darauf wartete, dass es kochte, schaute sie sich den Stapel Post an, den sie vorhin aus dem Briefkasten geholt hatte. Leise stöhnte sie vor sich hin. Rechnungen, alles Rechnungen. Sie stopfte die Briefe ungeöffnet zu den anderen ins Schubfach ihrer Küchenanrichte. Unbehaglich grummelte ihr Magen. Schuldbewusst zog sie den Kasten auf und holte die Briefe heraus. Dabei fiel ihr ein Umschlag, den sie übersehen hatte, auf. Klara dreht das Kuvert in den Fingern herum. Er war unfrankiert und hatte keinen Absender. Ihr Herz klopfte und ihre Hände zitterten. Unschlüssig legte sie den Umschlag vor sich auf den Tisch und starrte ihn an. Sollte sie den

Brief öffnen oder lieber gleich verbrennen? Nervös rutschte sie auf ihrem Stuhl umher.

Sie war sich ziemlich sicher, den Inhalt zu kennen. Andererseits könnte auch einer ihrer Mitarbeiter ihr trotz der Entlassungen eine Geburtstagskarte geschickt haben, spann sie den Gedanken weiter.

Entschlossen atmete sie tief ein und schlitzte mit einem Messer das Kuvert auf. Heraus segelte ein Blatt feinstes Büttenpapier.

Doch als sie es auseinanderfaltete, sprang ihr die Zeile »DU BIST TOD« förmlich ins Gesicht. Angewidert schüttelte den Brief aus der Hand.

Ruhig, bleib ruhig, redete sie sich zu. Es ist nur ein Stück Papier. Sie erhob sich und trat hinüber zur Spüle. Aus dem Hängeschrank über sich nahm sie ein Glas und hielt es unter den aufgedrehten Hahn. Kalt lief das Wasser in ihrer Kehle abwärts. Es verfehlte seine Wirkung nicht. Klara beruhigte sich.

Es war nur ein Brief.

Die Hand auf ihre Brust gepresst, hob sie das Blatt auf und las den Rest des Textes, den sie wegen des Schrecks übersehen hat.

»DU BIST TOD«, und darunter, in kleineren ausgeschnittenen Zeitungslettern aufgeklebt: »ZAHLE DEINE SCHULDEN.«

Klara legte den Zettel vor sich ab, betrachtete die Zeilen. Schulden? Welche Schulden? Ja, sie hatte Verbindlichkeiten, aber die waren damit bestimmt nicht gemeint.

Wenn der wüsste. Sie lachte schrill auf. Stell dich hinten an. Jetzt, wo sie im Bilde war, dass sie schlicht und einfach erpresst wurde, durchströmte sie eisige Ruhe.

»Hallo. Ich werde erpresst, ist das nicht großartig?«

»Hä? Klara, bist du das?«

Verständnislos guckte Dede auf das Display ihres Telefons.

»Dede, hörst du? Ich werde nur erpresst. Man, was bin ich froh. Mir ist regelrecht schlecht vor Erleichterung.«

»Was zum Teufel soll daran gut sein? Ich weiß ja nicht.«

»Du verstehst das nicht.« Klara lachte. »Jetzt weiß ich, woran ich bin. Jemand will nur Geld. Ich werde nicht um die Ecke gebracht.« Sie setzte euphorisch hinzu: »Damit kann ich arbeiten.«

»Also, nun mal langsam«, erwiderte Dede energisch. »Was meinst du mit ›arbeiten‹? Was soll das, bitte ...« Sie beendet den Satz nicht. Stattdessen erinnerte sie Klara an ihre finanzielle Situation. »Du vergisst, du bist so gut wie bankrott. Dir gehört praktisch nichts mehr außer deiner Kamera und dem, was du am Leibe trägst.«

»Na ja, das stimmt schon«, gab Klara kleinlaut zu. »Aber solange der Erpresser nicht hat, was er will, bleibe ich am Leben. Und dass das so bleibt, dafür werde ich sorgen. Da kannst du dich drauf verlassen.«

Gegen ihren Willen lachte Dede laut auf. Dann sagte sie: »Du bist nicht allein. Wir werden schon aufpassen, dir wird nichts geschehen. Verlass dich drauf. Das Beste wird sein, du kommst heute Abend zu uns raus.«

***

Klara stand auf dem Sonnendeck und beobachtete, wie die Schlange der Autos, die im Bauch der Fähre verschwanden, kürzer wurde.

Sie konnte es immer noch nicht glauben, hatte sie sich doch tatsächlich von Dede überzeugen lassen, sich vorerst zu verdünnisieren. Zumindest bis Zac und sein Freund herausbekommen hatten, wer zum Teufel ihr ans Leder wollte.

Dieser Freund sollte so ein komischer Kauz sein. Wie hieß der noch mal? Die Stirn gerunzelt dachte sie angestrengt nach.

Hatte Dede überhaupt einen Namen genannt? Sie versuchte, sich zu erinnern, was ihre Freundin ihr vor zwei Tagen alles erzählt hatte. Viel war leider nicht hängengeblieben. Nur so viel: Vorerst sollte sie sich in ein Cottage in den Highlands zurückziehen und die Füße stillhalten. Zac würde sich kümmern.

Klara beugte sich über die Reling und schaute hinunter ins schmutzige Wasser, das sich in kleinen Wellen an der Bordwand brach. Die Dieselmotoren vibrierten, die Fähre schob sich vom Kai weg und verließ den holländischen Fährhafen. Die leichte Brise, die ihr die Haare ins Gesicht wehte, verstärkte sich zu einem kräftigen Wind, der ihr gewaltig um die Ohren blies.

Sie beschloss, eine Weile auf dem Sonnendeck zu bleiben, um sich am Sonnenuntergang zu erfreuen. Denselben Gedanken hegten viele Gäste, denn mit zunehmender Dämmerung füllte sich der Barbereich. Die meisten hielten einen dieser bunten Drinks mit Schirmchen in den Händen. Klara hatte keine Ahnung, was die Leute so versunken schlürften, aber es sah lecker aus. Also reihte sie sich in die Schlange vor dem Ausschank ein und zeigte, als sie an der Reihe war, auf einen dieser quietschbunten Cocktails. Grün schimmerte er im Glas und zwischen dem gestampften Eis schwammen einige zarte Minze-Blättchen. Zaghaft schlürfte sie an ihrem Strohhalm. Süßsauer Geschmack, frisch nach Minze und Alkohol, entfaltete sich in ihrem Mund. Mojito! Hätte ich mir denken können.

Mit ihrem Glas in der Hand schlenderte sie auf dem Deck umher und bestaunte die in der Ferne im Meer untergehende goldrote Sonne. Sie setzte sich in einen der überall herumstehenden Korbsessel. Die Beine locker übereinandergeschlagen genoss sie die Aussicht; die miteinander plaudernden Leute und die Tracker, die hinten an den Stehtischen ihr Feierabendbier tranken, rauchten und sich gegenseitig lautstark mit ihren Geschichten die Taschen vollhauten.

Zum ersten Mal, seit sie ihre Firma hatte schließen müssen, entspannte sie sich, fühlte sich seit langer Zeit wieder wohl in ihrer Haut.

Mit einem Lächeln begab sich ins Bordrestaurant, um ihr Dinner einzunehmen, welches Dede dankenswerterweise gleich mit gebucht hatte. Genauso wie die Premium-Kabine.

Kara war ihrer Freundin unendlich dankbar für deren Fürsorge und Aufmerksamkeit.

Früher, vor ein paar Wochen noch, hätte sie sich diese Annehmlichkeiten ganz selbstverständlich mitgebucht. Doch jetzt, nach dem Aus ihrer Produktion, geizte sie mit jedem Cent. Jedenfalls so lange, bis sie sich darüber im Klaren war, wie es mit ihr weiterging. Später am Abend, als sie in die Kissen gekuschelt in ihrem Bett lag, gestattete sie sich ein paar Gedanken an ihre Vergangenheit.

Dilenn und sie waren Freundinnen seit der fünften Klasse. Dilenn, das Mädchen mit dem komischen Namen, und sie, das Mädchen aus der Wohngruppe. Sie beide waren die typischen Außenseiter in der Klasse gewesen. Zum ersten Mal hatten sie sich zur Hofpause auf dem Schulhof getroffen. Die anderen Kinder hatten sich schon vorher gekannt, nur Klara und Dilenn waren neu gewesen. Keiner hatte die zwei Mädchen beachtet, die, jede für sich, in einer der Ecken herumgelungerten und missmutig an ihrem Frühstücksbrot geknabbert hatten. Schließlich hatte Klara sich ein Herz gefasst und war schüchtern auf die hinter dem Baum stehende Dilenn zu gestolpert und hatte sie mit dem unendlich dämlichen Satz »Auch neu hier?«, angesprochen. Seit diesem ersten Schultag waren sie unzertrennlich gewesen. Klara fand im Hause Tardy liebevolle Aufnahme und bekam die von ihr so vermisste Zuwendung und

Nestwärme. Das hatte es ihr leichter gemacht, die Jahre in der Wohngruppe zu überstehen. Klara verlor ihre Eltern, als sie acht Jahre alt gewesen war.

Eines Abends hatte sie sich vage an ein mehr stöckiges Gebäude erinnert, umgeben von einem Park. Sie war von ihrer Nanny zu Bett gebracht worden. Ihre Mama hatte ihr noch schnell einen Gutenachtkuss auf Haar gedrückt, dann war sie wie ein Engel davongeschwebt. Und als Klara mitten in der Nacht durch Lärm geweckt worden war, hatte es im Haus von Fremden gewimmelt. Und es hatte bedrohlich um sie herum geknistert und gequalmt. Sie hatte im Bett gesessen und nach ihrer Mama geschrien. Doch sie war nicht gekommen. Stattdessen war sie in eine Decke gehüllt und von einem Feuerwehrmann durchs verqualmte Haus getragen worden.

Noch heute schüttelt sie sich, wenn ihr Rauch in die Nase steigt. Schließlich hatte ihre Nanny sie in ein Kinderheim gebracht. Und hier hatten ihr die Erzieher erzählt, dass ihre Eltern tot seien. Sie war auf eine andere Schule gekommen und hatte Dilenn kennengelernt.

Zwanzig Jahre später waren sie noch immer beste Freundinnen. Klara lächelte bei der Erinnerung an ihre Kinder- und Jugendzeit, die sie gemeinsam verbracht hatten. Mit einem warmen Gefühl im Herzen schloss sie die Augen.

3. Kapitel

»Los, komm, du Faulpelz.« Swenson stand in der Tür und versuchte Püppie zu überreden, mit ihm draußen eine Runde zu drehen. Das Hundemädchen klappte die Augendeckel hoch und blinzelte ihn an so, als wolle sie ihm sagen: »Du spinnst wohl?« Bedeutungsvoll drehte sie den Kopf in Richtung der offenen Tür. Swenson seufzte laut auf, ehe er ein weiteres Mal die Leine schwungvoll durch die Luft kreisen ließ.

»Jaa, es regnet«, gab er sich geschlagen. »Aber hier, schau!« Er zeigte ihr ein Leckerli. Wie der Blitz sprang Püppie auf und stand schwanzwedelnd vor ihm. Swenson reichte ihr das Stück Schweineohr. Begeistert schnappte sie zu und zog sich in ihr Körbchen zurück. Doch der Welpe hatte nicht mit Swensons Infamie gerechnet. Er legte ihr, während sie sich mit dem Ohr beschäftigte, das Geschirr um. Swenson zog leicht an der Leine und lockte: »Na looos ...« Nur widerstrebend folgte sie ihm. Vor der Haustür probte die kleine Maus den Aufstand, legte sich hin und rührte sich kein Stück mehr. Sie schnaufte und verdrehte die Augen zum Himmel. Vom Dach über der Haustür fielen große dicke Tropfen herab und landeten auf seiner Schulter und ihrem Fell. Sie wurden beide nass. Mit einem hingebungsvollen Blick schaute sie zu ihm auf. Als wollte sie sagen: »Siehst du, das hast du nun davon!«

Swenson gab auf. Er bückte sich, lud sie sich auf die Arme und trug sie ins Haus.

Kaum dass sie im Trockenen waren, schlängelte sie sich aus seinen Armen und verschwand in ihrem Körbchen, wo sie sich sofort ihrem Leckerli zuwandte und es hemmungslos zerknautschte. Da Püppie offensichtlich ihre große Gassirunde auf später verschob, beschloss Swenson, sich ein gemütliches Bad in der altmodischen gusseisernen Wanne zu gönnen.

***

»Klasse«, freute sich Klara. Sie hatte den Weg von Harwich bis in die Highlands mithilfe ihres Navis gemeistert und sich dabei fast gar nicht verfahren – wenn man von der kleinen Irrfahrt in Inverness mal absah. Woher sollte sie auch wissen, dass Aberader ein Distrikt und keine Straße war? Schwungvoll war sie mit ihrem gelben Käfer in den Kreisel geschlittert und an der dritten Ausfahrt raus. Nur um nach ein paar hundert Metern wieder vor genau dem gleichen Kreisverkehr zu landen, dieses Mal von der anderen Seite. Unverdrossen lenkte sie ihren Wagen noch einmal in den Kreisel, immer hübsch dem Navi nach. Und prompt fand sie sich an derselben Ausfahrt wieder. Sie stöhnte vor sich hin. »Auf ein Neues.«

Unverdrossen drehte sie eine Runde nach der anderen. Endlich gab sie auf, lenkte in die äußerste Spur und blieb mitten auf der Fahrbahn stehen. Blinklicht an und wartete. Hinter ihr stoppte ein Lori, der Fahrer beugte sich aus dem Fenster und gab ihr durch Gesten zu verstehen, sie solle den Weg freiräumen. Doch Klara öffnete ihre Fahrertür und zuckte mit den Schultern. Allmählich staute sich der Verkehr vor und hinter ihr.

Anscheinend hatte der Lastwagenfahrer endlich die Nase voll. Er kletterte aus seinem Führerhaus und kam auf sie zu. Klara rutschte sofort das Herz in die Hose, als der bullige Mann sich zu ihr herabbeugte. Er tippte sich ans Basecap und fragte: »Wo ist das Problem? Schaffen Sie Ihre Kutsche von der Straße.«

»Das will ich gerne tun, nur mein Navi findet den Weg nicht.«

Sie öffnete das Fach auf der Beifahrerseite und hielt dem Mann einige Zettel vor die Nase. Der Fahrer warf einen kurzen Blick darauf, lächelte und zog seinen Kopf aus ihrem Fenster: »Steigen sie aus.«

Verblüfft gehorchte sie. Der LKW-Fahrer klemmte sich hinter das Steuer. Kaum war Klara auf der Beifahrerseite eingestiegen, gab er Gas und umrundete mit ihr den Kreisel, dann lenkte er den Wagen in eine unscheinbare Gasse. Diese Ausfahrt hatte Klara zwar gesehen, aber nie als das wahrgenommen. Der Fahrer stoppte, wandte sich ihr zu. »Das wäre es. Ab jetzt, hoffe ich, werden Sie den richtigen Weg finden«, sagte er und stieg aus.

Klara sah ihm einen Moment im Rückspiegel nach, dann fuhr sie weiter. Ihr Navigationsgerät schien sich erholt zu haben. Es brabbelte unvermindert weiter. »Fahren Sie in den Kreisel und die zweite Ausfahrt fahren Sie auf die ...«

»Ja, ja, ich mach ja schon, halte den Mund«, meckerte sie.

Ihr Weg führte an Weiden mit friedlich grasenden Hochlandrindern vorbei. Klara mochte die braunen Gesellen mit ihren breiten Hörnern auf den gewaltigen Köpfen. Sie erinnerten sie an die Wisente, die sie als Kind in einem Urwaldgehege in Polen gesehen hatte.

Die Straße ähnelte immer mehr einem Feldweg. Einem sehr engen Feldweg, wie sie zu ihrem Entsetzen feststellte, denn es kam ihr ein Lastwagen entgegen und sie sah für sich keinen Platz. Also trat sie auf die Bremse, blieb stehen, kniff die Augen zu und wartete auf den Aufprall, der unweigerlich gleich geschah. Wasser klatschte an ihre Windschutzscheibe. Der Lori zischte an ihr vorbei. Vorsichtig blinzelte sie durch die Augenschlitze und sah nichts. Braune Brühe rann am Glas herunter. Die schaltete die Scheibenwischer ein.

»Boah.« Vor ihr war nur freie Strecke.

Nur weg von dieser Höllenstraße, dachte sie und trat das Gaspedal durch. Nach der nächsten Biegung fing ihr Navi an zu rechnen, unentwegt kreiselte der Pfeil auf der Anzeige herum. Klara klopfte auf das Gerät. Sie wusste, wie völlig nutzlos ihr Geklopfe war, aber manchmal wackelte der Pfeil in eine Richtung, nur leider konnte er sich nicht entscheiden. Er fand den richtigen Weg nicht. Klara warf die Hände in die Luft und ließ sie wieder aufs

Lenkrad fallen. Seufzend holte sie aus dem Handschuhfach den Atlas hervor. »Willkommen in der Pampa«, brummelte sie vor sich hin. Zum Glück waren ihr Karten vertraut. Sie musste nur erst die Richtige finden.

»Aha, da bist du ja.«

Mit dem Finger verfolgte sie den Weg auf der Karte bis zum Ende.

Hier irgendwo lag das Ferienhaus. Ihr Finger verharrte auf einem braungrünen Punkt in der Nähe vom eingezeichneten Loch Ness.

»Na dann mal los«, sagte sie und gab Gas.

Klara hatte sich nicht geirrt. Nach einer halben Stunde landete sie vor einer breiten Einfahrt. Weiter hinten konnte sie durch den Schleier aus Regen und Dunst ein weißes Gebäude wahrnehmen.

Sie fuhr durch das offenstehende Tor bis vor die Haustür, bremste, stieg aus und stand mit ihren Stilettos in einer Pfütze. »Ihiii!«

Abwechselnd hob sie die Füße.

Viel nützte ihr dieses Herumgehopse nicht. Das schmutzige Wasser lief vorne zu den Zehen herein und an den Seiten wieder raus. Ihre Füße fühlten sich quietschnass an. Sie zuckte mit den Schultern. Ihr war klar, dass ihre Schuhe nach dieser Wasseroffensive sowieso hin waren, soviel war schonmal sicher. Also, weitermachen und das Gepäck ausladen.

Gerade als sie den riesigen Trolley aus dem Kofferraum wuchtete, da grollte es von hinten: »Was soll das werden, wenn ich mal fragen darf?«

»Wenn Sie mir mal helfen würden«, antwortete Klara und wandte sich der Stimme zu. Der Koffer rutschte ins Auto zurück.

»Aha, Sie sind mein Mitbewohner.« Unbeeindruckt, mit zur Begrüßung ausgestreckter Hand, trat sie auf ihn zu. »Ich bin Klara und du musst Arved sein. Schön dich kennenzulernen. Ich wohne ab heute hier.«

Swenson musterte Klara eindringlich und widersprach: »Das glaube ich nicht. Ich wohne hier, und zwar allein.«

In diesem Augenblick stürmte mit Welpengebell und schwanzwedelnd Püppie heraus. Begeistert sprang sie an Klara hoch. Ihre dicken Pfoten hinterließen eine braune Spur auf Klaras hellem Trenchcoat.

Völlig hingerissen von dem Hund hockte sie sich hin.

Klara schaute zwischen Swenson und Püppie mit spöttisch hochgezogener Augenbraue hin und her. »Allein?«

»Na ja, Püppie zählt nicht«, schränkte Swenson ein. »Trotzdem, was wollen Sie hier? Ich habe das Haus gemietet. Da muss ein Irrtum vorliegen.«

Er baute sich, die Arme vor der Brust verschränkt, in der Eingangstür auf.

Ohne weiter auf sein Argument zu achten, erhob Klara sich, streichelte Püppie über den Kopf und sagte: »Was dein Herrchen für einen Nonsens erzählt. Natürlich wohne ich hier.« Betont mit den Hüften schwingend schlenderte sie zu ihrem offenen Kofferraum, hievte ihren Trolley heraus und schleppte ihn zur Tür.

Dabei schoss sie eine Salve abschätziger Blicke auf ihn ab. Swenson tat, als bemerkte er ihre Missbilligung nicht, und versperrte ihr den Eingang.

»Spielt sich nichts ab. Bis hierher war alles nur Spaß, aber jetzt wird es ernst.« Seine Stimme, die bisher eher amüsiert klang, war jetzt scharf und abweisend. Er setzte hinzu: »Sie müssen sich in der Adresse geirrt haben.«

Klara, die sich bisher sicher war, willkommen zu sein, fingerte aus ihrer Jackentasche einen Zettel und stotterte: »Aber ... aber ... Hier steht es.«

Sie hielt Swenson das Blatt so dicht vor die Nase, dass er ihr das Papier aus den Fingern zerrte, um es zu lesen. Schließlich reichte er ihr das Schreiben zurück.

»Sehen Sie, ich wohne auch hier«, triumphierte Klara.

»Kommt überhaupt nicht in Frage. Ich rufe jetzt die alte Lady an. Püppie, komm.« Er räumte den Eingang.

Klara schnappte sich ihr Gepäck und zerrte es ihm nach ins Haus. Swenson hörte, wie es im Flur polterte. Das Telefon am Ohr, sah er zu seinem Entsetzen, wie sich Klaras Gepäckstücke im Hauseingang stapelten.

Entnervt steckte er das Smartphone ein und sagte: »Sie geht nicht ran. Scheint wohl nicht da zu sein. Na ja, kann auch nachher noch geklärt werden.«

Er packte einen schmalen Koffer und trug ihn wieder hinaus.

Verblüfft guckte Klara zu, wie er das Gepäckstück unsanft in ihren Kofferraum zurück packte.

»He, lass das.« Sie stürzte auf ihn zu, entriss ihm den Koffer und presste ihn an die Brust. »Du spinnst wohl.«

Sie tippte sich an die Stirn. Swenson schielte verdattert auf die kleine Furie runter, seine Miene ein einziges Fragezeichen.

»Hab dich mal nicht so. Du tust gerade so, als wäre da drin ein Schatz oder so was.«

»Ist es auch. Für mich jedenfalls«, schnappte Klara.

»Und was ist es, wenn ich fragen darf?«

»Darfst du nicht, aber ich verrate es dir trotzdem. Es ist ein altes Selmer. Ein echtes Vintagestück.«

Klara grinst von einem Ohr zum anderen, als sie Swensons ungläubigen Blick bemerkt. Er hatte absolut keine Ahnung, wovon sie redete.

»Ich weiß ja nicht, wie es dir geht«, sagte sie, »aber ich gehe rein. Sonst werde ich noch klatschnass und darauf habe ich keine Lust.«

Der Koffer mit dem ›Selmer‹ lässig in ihrer Hand hin und her schaukelnd, schritt sie, ganz Königin, an ihm vorbei ins Haus.

Seufzend folgte er ihr, als in seiner Hosentasche eine Fanfare trötete. Er verharrte, holte sein Smartphone hervor.

»Ja!«, bellte er. Seine Miene hellte sich sofort auf, als er hörte, wer ihn sprechen wollte.

Indessen stand Klara in der Küche und streichelt Püppie, die sich intensiv mit ihrer Zunge um ihr Gesicht kümmerte, und beobachtete dabei durchs Fenster, wie sich der mürrische Swenson, wie sie ihn kennengelernt hatte, in einen charmanten Gesprächspartner verwandelte. So erschien es ihr jedenfalls. Der Swenson den sie beobachtete, lächelte und lachte sogar, während er am Telefon sprach.

Er schien sein Gespräch beendet zu haben, denn das Handy verschwand in seiner Hosentasche. Schnell drehte sich Klara weg und beschmuste das Hundemädchen.

»Also gut, du bekommst das Zimmer oben. Ich ziehe hier unten ein. Nimm deine Sachen und komm mit«, sagte er und stapfte an ihr vorbei nach oben.

Sie betrat nach ihm ihr Schlafzimmer. »Oh, das ist schön.« Ganz aus dem Häuschen trat Klara zum Fenster und sah hinaus. Vor ihr erhob sich gleich hinter der Trockenmauer, die das Grundstück begrenzte, ein Hügel. Und als wäre es nicht schon kitschig genug, äste ein Hirsch auf der Weide.

Swenson stellte sich neben sie und erwiderte abwesend: »Ja ... Rotwild gibt's häufig in dieser Gegend.«

Klara erinnerte sich, dass sie noch immer ihren Koffer in der Hand hielt. Sie wandte sich vom Fenster ab. Vorsichtig legte sie ihn auf die altmodische Kommode.

Nebenan hörte sie Swenson: »Und das hier ist das Bad. Du kannst es allein benutzen. Unten ist noch eines, das gehört mir.«

Geistesabwesend nickte sie. Was Swenson freilich nicht bemerkte, denn der war damit beschäftigt, das restliche Gepäck hochzutragen.

Zuletzt wuchtete er den Trolley ins Zimmer. »So, das war wohl alles«, sagte er und ließ sie allein.

Klara beachtete ihn nicht weiter. Sie war damit beschäftigt, ihre Kamera auszupacken und sich in die

Fensternische zu knien, um ein Foto nach dem anderen zu knipsen. Vorsichtig, um den Hirsch nicht zu verschrecken, beugte sie sich so weit wie möglich aus dem Fenster.

»Nun drehe dich um, ja ... so ... Sehr schön ... Noch ein Stückchen ...« Sie redete mit ihrem Motiv, als wäre es ein Fotoshooting mit einem Model und keinem Wildtier.

Von unten wurde Gebell laut. Der Hirsch gab Fersengeld und verschwand hinter dem Bergkamm. Enttäuscht setzte Klara die Kamera ab. Sie beugte sich weiter heraus, um von oben zu beobachten, wie Swenson und Püppie das Grundstück durch eine kleine Pforte in der Trockenmauer verließen und den Berg hinauf wanderten.

Lächelnd legte sie ihr Kameraequipment weg und öffnete den Koffer auf der Kommode. Vorsichtig, ja fast liebevoll hob sie ein Saxophon heraus. Ehrfürchtig, fast zärtlich streichelte sie über die stumpfe Lackierung. Klara nahm das Mundstück und den S-Bogen zur Hand und baute das Instrument zusammen. Sachte erschallten die ersten Töne.

Oben auf dem Berg verharrte Swenson und lauschte. Ihm war, als würde er Musik hören.

Saxophonmusik. Nein, er war sich sicher, dass er ein Sax hörte. Plötzlich Stille. So sehr er auch die Ohren spitzte, es war nichts mehr zu vernehmen. Der Moment Musik war vorbei. Es kam ihm so vor, als hätte er nur eine Sinnestäuschung erlebt. Er schüttelte den Kopf. Ja, er hatte sich verhört. Denn wo sollte die Musik herkommen, wer spielte hier in dieser Einöde so perfekt eine Jazzimprovisation? Das war nur ein lautes Radio, ärgerte er sich. Nicht mal hier konnte Ruhe sein. Wenn er zurückkam, so nahm er sich vor, würde er dieser Person die Leviten lesen. Hier hatte Stille zu sein, für das Wild und für ihn – Punktum.

Püppie rannte auf ihn zu. Sie trug den Tennisball in der Schnauze, welchen er für sie geworfen hatte, und legte ihn ihm vor die Füße. Abwartend schaute sie ihn von unten herauf an.

»Bist du immer noch nicht müde?« Er hob das Spielzeug auf und warf es mit aller Kraft so weit, wie er vermochte. Fröhlich bellend sprang sie davon, um den Ball im Flug zu fangen. Swenson beobachtete den Welpen beim Spiel, dabei überdachte er das vorhin geführte Telefongespräch.

Jetzt hatte er also eine Mitbewohnerin – und nicht irgendeine Touristin, sondern eine, die er zusätzlich auch noch beschützen sollte. Er hatte einen Schutzauftrag.

Er dachte: ›Welcher Teufel hat mich geritten, dass ich bereit bin, die Aufgabe, noch dazu in meinem Urlaub, zu übernehmen.‹

»Püppie!«, rief er. »Komm, genug für heute. Wir gehen nach Hause.«

Als die zwei die Küche betraten, saß Klara am großen ovalen Tisch und studiert angestrengt das Handbuch für den AGA-Herd.

4. Kapitel

Klara beschloss, am Nachmittag einen ausgiebigen Streifzug durch Dhuallow zu unternehmen, um die dortige Geschäftswelt zu erkunden.

›Swenson ist ein komischer Kauz‹, dachte Klara, während sie den Einkaufszettel schrieb.

»Was hast du vor?«, fragte Swenson, der gefolgt von Püppie vom Gassiegang zurückkam, als Klara sich anschickte, das Haus zu verlassen.

»Ich? Im Dorf einkaufen. Was dagegen?«

»Beileibe nicht.« Swenson hob die Hände. Einen Moment schaute er sie mit gerunzelter Stirn an. »Was dagegen, wenn wir dich begleiten? Püppie braucht einen neuen Hirschknochen. Den letzten hat sie im Garten verscharrt.« Er zuckte mit den Schultern und setzte hinzu: »Und nun isser endgültig weg. Sie braucht einen Neuen.«

Beide, Swenson und der Hund, blinzelten sie von unten herauf an. Denn er hatte sich in der zwischen Zeit herabgebeugt und den moppeligen Welpen geknuddelt.

»Von mir aus.« Klara strahlte hinterhältig von einem Ohr zum anderen, als sie entschied: »Du sitzt hinten. Püppie meinetwegen neben mir.«

»Wir können auch meinen Wagen nehmen, da ist mehr Platz«, wagte Swenson aufzubegehren.

Klara schüttelte vehement mit dem Kopf: »Entweder so oder ich fahre allein.«

»Na gut«, gab er sich geschlagen.

Swenson zwängte sich in die Rückbank von Klaras winzigem Käfer. Püppie setzte sich mit vollster Selbstverständlichkeit auf den Beifahrersitz, als würde sie ständig dort Platz nehmen.

»Dann mal los.« Klara trat das Pedal durch, gab Gas und bretterte die Ausfahrt entlang zum Tor. Hier bremste sie und wandte sich Swenson zu, der zusammengefaltet auf der Rückbank hockte.

»Das Tor ist zu.«

»Na und?«, entgegnete er. »Dann steigst du halt aus. Falls du nicht auf Püppie warten willst. Da kannst du lange warten. Ich sitze hinten.«

Er lehnte sich zurück, verschränkte die Arme vor der Brust und grinste.

Zähneknirschend kletterte Klara aus ihrem Auto und öffnete das große Eingangsgatter.

Als sie wieder einstieg, gab sie so heftig Gas, dass das Auto nach vorne schoss und es Swenson in den Gurt drückte.

Die Augen zu Schlitzen verengt grinste Klara in den Rückspiegel, von wo ihr Swenson feurige Blitze entgegenschleuderte.

Die Geschäftswelt von Dhuallow bestand aus einem Geschäft von Tante-Emma-Laden-Größe und einem

Pub. Sie knüpfte Püppie neben der Eingangstür an, wo sie sich sofort über die für tierische Gäste wie sie hingestellte Futterschüssel hermachte.

Klara nahm sich einen Korb und arbeitete, ihren Einkaufszettel in der Hand, Reihe um Reihe ab. Swenson wartete ungeduldig an der Kasse. Er brauchte nur hier stehenzubleiben, die Kauknochen für Hunde waren genau wie die Süßigkeiten für die Kinder neben der Kasse platziert. Klara verschwand im hinteren Teil des Ladens, dort, wo versteckt die Hygieneartikel zu finden waren. Sie suchte medizinischen Alkohol und Tupfer. Als sie beides gefunden hatte, verstaute sie es in ihrem Einkaufskorb.

Erstaunt betrachte Swenson ihre Einkäufe. Er hätte mit Tampons oder Ähnlichem gerechnet, aber nicht mit eine Flasche Alkohol und Tupfern. Er fragte sich, was sie damit anstellte.

Erst wollte er sie fragen, doch dann entschied er, dass es ihn nichts anging. Stattdessen sagte er: »Ich habe Hunger, lass uns essen gehen. Ich glaube, wir sind vorhin an einem Pub vorbeigefahren. Ich lade dich auf eine Portion Haggis ein.«

Er grinste sie so unverschämt an, dass sie sich zweifellos sicher war, dass sich hinter seinem großzügigen Angebot eine Frechheit verbarg. Klara hatte noch nie von einem Gericht dieses Namens gehört. Entsprechend misstrauisch fragte sie: »Was ist Haggis?«

»Eine schottische Spezialität. Essen hier alle«, antwortete er mit einem wölfischen Grinsen im Gesicht. »Vertrau mir. Es wird dir schmecken.«

›Das ist gewöhnlich mein erster Fehler‹, dachte Klara, stieg ins Auto und setzte sich auf den Beifahrersitz. Püppie fand das überhaupt nicht großartig, ihren Platz zu räumen. Mit aller Kraft stemmte sie ihre Pfoten gegen die hintere Autotür. Sie wollte um jeden Preis vorne rein. Swenson hob sie auf seine Arme und verfrachtete sie auf die Rückbank, wo sie jaulend und winselnd ihren Missmut verkündete.

Klara beugte sich aus dem Fenster, warf ihm den Schlüssel zu. »Du fährst.«

Klara beobachtete schmunzelnd, wie Swenson sich bemühte, sich stilvoll hinters Steuer zu klemmen.

Er brummte: »Lach du nur. Ich verstehe nicht, wie man so eine Sardinenbüchse als Auto bezeichnen kann. Das ist bestenfalls ein fahrbares Vehikel für Zwerge.« Er wandte sich hinüber zu Klara und setzte lapidar hinzu: »Wenn man's genau nimmt, bist du ein Zwerg.«

Klara verschlug es angesichts der eben gehörten Frechheit die Sprache. Aber sie grinste trotzdem von einem Ohr zum anderen. Unrecht hatte Swenson nicht. Neben ihm kam sie sich schon wie ein Zwerg vor.

›Er sieht aus, wie ich mir die Wikinger vorstelle‹, dachte sie. ›Sein Nachname, Swenson‹, sinnierte sie, ›ist ... na ja, Swenson ist nun auch nicht gerade urdeutsch, so wie Müller, Meier oder Lehmann.‹

Swenson konzentrierte sich aufs Fahren und hörte nur mit halbem Ohr zu.

»Entschuldige, was hast du gefragt?«

»Wo du herkommst.«

»Ach so. Schweden, ursprünglich aus Schweden.« Er bremste, wandte sich ihr zu. »Willst du noch irgendwelche Infos. Oder können wir erst reingehen?«

Er zeigte mit dem Kopf in Richtung Pub.

Klara spürte, wie sich Wärme über ihren Hals und ihre Wangen ausbreitete. Sie erwiderte spitz: »Ja, aber natürlich.«

Der Pub war ein schon von außen gemütlich wirkendes Cottages. Sie blieb stehen und ließ ihre Blicke schweifen. Das Haus duckte sich unter ein reetgedecktes Dach. Vor dem Eingang, auf der Wiese, standen Tische und lange Bänke, auf denen Einheimische saßen und vor sich ein Pint und einen Teller mit etwas Undefinierbarem darauf stehen hatten.

Klara beschlich das Gefühl, dass es sich dabei um besagtes Haggis handelte.

Sie folgte Swenson. Bevor sie eintrat, bewunderte sie das Namensschild des Pubs. ›The Hungry Shepherd‹, der hungrige Schäfer. ›Bezeichnend‹, dachte sie und schritt hinter Swenson her. Im dämmrigen Gastraum schlug ihr Wärme entgegen. In dem riesigen Kamin brannte trotz der Temperaturen draußen ein Feuer. Sie nahm an, dass es sonst kalt in der Gaststube wäre. Die winzigen Fenster ließen nur wenig Licht und Sonnenschein herein. Der alte aus Bruchsteinen gelegte Fußboden trug das Seinige dazu bei, dass die Gäste nicht ins Schwitzen gerieten.

Klara setzte sich an einen der grob gezimmerten, blitzblank gescheuerten Tische. Swenson schwang sich ihr gegenüber auf die mit Schaffellen bedeckte Bank.

Kaum, dass sie sie Platz genommen hatten, rief der Wirt, der hinter seinem Tresen emsig Bier zapfte, ihnen zu: »Was zu essen?«

Sie nicken unisono.

»Kommt gleich.«

Klara beugte sich zu Swenson hinüber: »Haben die hier keine Karte?«

»Doch, im Schaukasten neben dem Eingang.« Er hob die Finger, drei Gerichte. »Haggis und Haggis und Haggis mit Kartoffeln.«

Klara seufzte: »Was ist dieses Haggis? Und kann man das essen?« Misstrauisch kräuselte sie ihre Nase. »Ich habe gehört, die haben hier so ein Nationalgericht, das aus mit Innereien gefülltem Schafsmagen besteht.« Sie schüttelte sich.

»Richtig«, bestätigte er und setzte hinzu: »Haggis, habe ich doch gesagt.«

»Was!« Klara sprang auf. »Ohne mich. Das esse ich nicht.« Sie kletterte aus der Bank und wollte fluchtartig den Pub verlassen. Swenson packte sie am Handgelenk.

»Kommt nicht in Frage.« Er zog sie zu sich heran, flüsterte ihr zu. »Oder willst du die Leute«, er warf einige Blicke nach rechts und links, »beleidigen?«

Klara schüttelte den Kopf, seufzte ergeben und ließ sich auf die Bank fallen.

»So ist's gut«, lobte er sie. »Wenn es dich beruhigt, das Essen schmeckt vorzüglich. Du musst nur deinen Kopf ausschalten. Mach meinetwegen die Augen zu.«

Klara wurde ein wenig blass um die Nase herum, als ein junges Mädchen freundlich lächelnd vor jedem von ihnen einen Teller abstellte.

»Guten Appetit«, wünschte sie und verschwand in die Küche.

»Wohl bekomm's«, der Wirt grinste und stellte zwei gefüllte Gläser vor ihnen ab.

Die Stirn in krause Falten gezogen ergriff Klara das Besteck. Sie schnitt das an eine Weißwurst erinnernde Gericht an und schob sich, die Augen zusammengekniffen, eine Scheibe in den Mund. Sie kaute, bereit, sofort in ihre Serviette zu spucken.

Überrascht riss sie die Augen auf und schluckte.

Nahm einen weiteren Bissen, kaute, schluckte und verdrehte die Augen zur Decke. »Hm, lecker.«

Swensons lächelte sie an. »Dachte ich mir's doch, dass es dir schmeckt. Das sind die vielen Kräuter und Gewürze, musst du wissen.«

Einträchtig beendeten sie ihre Mahlzeit.

»Danke für die Einladung.« Klara trank ihr Bier aus.

»Keine Ursache«, winkte er ab.

Als Swenson am Tresen bezahlte, bemerkte er, wie Klara sich so unauffällig, wie sie meinte zu sein, Luft zufächelte. »Ganz schön warm hier drinnen.«

»Meinst du?«, zweifelte er.

Sie presste sich ihre Handtasche unter den Arm. »Ich gehe schon mal los«, sagte sie. »Ich muss mir noch die Nase pudern.«

Kaum hatte sie ihren Satz beendet, verschwand sie zum Ladys-Room.

Verwundert schaute Swenson ihr nach. Hatte er doch bisher den Eindruck, dass sie es nicht so mit Make-up hatte.

›So kann man sich irren‹, dachte er, nickte dem Wirt zu und schlenderte, die Hände in die Hosentaschen vergraben, zum Auto.

Klara stand am Waschbecken, ihr Gesicht leuchtete ihr knallrot aus dem Spiegel entgegen. Sie drehte den Hahn auf und klatschte sich das kalte Wasser ins Gesicht, in dem Wunsch, dass sich ihre Haut abkühlte und sie nicht mehr so peinlich tomatenrot leuchtete.

Zaghaft linste sie hinaus auf den Flur, um sich zu vergewissern, dass niemand genau jetzt die Toilette benutzen wollte.

Sicherheitshalber schloss sie die Tür ab. Aus ihrer Handtasche nahm sie ein Etui. Sie öffnete es und nahm den Pen heraus. Die Nadel stach sie sich in die Bauchfalte. Sie lehnte sich für ein paar Minuten an die Wand und atmete ruhig ein und aus. Gott sei dank, noch mal gutgegangen. Nicht auszudenken, wenn es sie im Auto umgehauen hätte. Ihr war schon im Laden schwummrig gewesen. Innerlich schalt sie sich: ›Du dumme Pute, hättest eher an das Insulin denken können.‹

Swenson wartete im Wagen auf sie, wunderte sich, wo sie so lange blieb. Er stieg aus, um nach ihr zu sehen, als sie lächelnd aus der Gaststätte auf ihn zu tänzelte.

»Na, alles okay?«, fragte Swenson und richtete sich auf seinem Platz ein.

»Gut, gut«, antwortete Klara und gab Gas. Sie fuhr so zügig die enge Straße entlang, dass Püppie, die hinten ihren Kopf aus dem Fenster steckte, die Ohren im Wind flatterten.

»Darf ich dich etwas fragen?« Swenson musterte sie von der Seite.

Klara blickte starr geradeaus, obwohl es nichts Aufregendes außer glattem Asphalt und hier und da ein paar Ginsterbüsche am Straßenrand zu sehen gab. Scheinbar abwesend erwiderte sie: »Klar, schieß los.«

»Hast du eine Allergie oder so was?« Er räusperte sich.

»Nein.« Sie schüttelte den Kopf. »Wie kommst du darauf?«

»Ich dachte, weil du nach dem Essen so rot im Gesicht geworden bist und deine Hände gezittert haben.«

Klara winkte ab und schaute demonstrativ nach vorn. »Das war nichts. Gar nichts«, setzte sie hinzu.

›Mist‹, überlegte sie im Stillen. Ihr war nicht bewusst, wie gut Swenson beobachtete.

***

»So, mein Herzblatt, das wird dir einen gehörigen Schreck einjagen und dann bist du reif. Reif für mich«, flüsterte er leise vor sich hin. Mit einem bösartigen Grinsen verschloss er das Kuvert.

Er stöhnte, drückte sich mit der Hand den unteren Rücken, während er sich schwerfällig aus seinem Sessel quälte. Gebeugt und mit den Füßen schlurfend bewegte er sich.

Seit dem Vorfall fiel es ihm schwer, zu gehen. Hier in seiner Wohnung verzichtete er auf den Rollstuhl. Wenn er sich dagegen in der Öffentlichkeit bewegte, war ihm dieses Gefährt von großem Nutzen. In Hut und Mantel stieg er aus dem Lift.

»Hallo Herr Koschwiz.«

»Hallo Ben«, antwortete er und lüpfte dabei jovial den Hut und schob seinen Rolli vor sich her.

»Was haben Sie so spät am Nachmittag vor?«, fragte er und beeilte sich, dem alten Mann die Tür aufzuhalten.

»Nur ein wenig frische Luft schnappen. Zum Abendessen bin ich zurück.«

»Dann noch einen schönen Nachmittag«, erwiderte Ben und wandte sich dem klingelnden Telefon zu. »Senioren Residenz am Meer, Ben am Apparat«, meldete er sich.

Koschwiz schob sich zum Parkplatz. Vor einem Mercedes blieb er stehen. Er öffnete die Heckklappe, verstaute seine Gehhilfe und stieg ins Auto.

Geschickt fädelte er sich in den vorbeirauschenden Verkehr ein.

Zügig fuhr er auf der Stadtautobahn entlang. Vor ihm staute es sich. Verärgert stellte er fest, dass die anderen Fahrer die Geschwindigkeitsbeschränkung ernst nahmen und sich vom Gaspedal fernhielten.

»Blödmann, mach die Straße frei! Wenn du trödeln willst, fahr rüber«, fluchte er und gab Lichtzeichen. Fuhr auf, sah von hinten fast in den Kofferraum des Fahrers vor ihm. Er drängelte, bis die anderen die Fahrspur wechselten.

Koschwiz' Ansicht nach gehörte die Straße ihm. Schließlich fuhr er einen Mercedes und der hatte bekanntermaßen eine eingebaute Vorfahrt.

Wenig später lenkte er seinen Wagen auf ein Firmengelände.

Er blieb im Auto sitzen und wartete. Arbeiter in weißer Malerkluft kamen und gingen. Einer von ihnen drehte sich um, rief: »Bis morgen, Chef.«

Verwundert verharrte er, beäugte das fremde Auto auf dem Firmengelände. Dann zuckte er mit den Schultern und verließ den Firmenhof.

Als der letzte Mitarbeiter hinter dem Tor verschwunden war, stieg Koschwiz aus. Die Füße überkreuz gestellt und die Hände lässig in den Hosentaschen lehnte er an seinem Auto und wartete.

Er brauchte sich nicht lange gedulden. Ein Mann in mittleren Jahren kam auf ihn zu.

»Ich habe dir gesagt, du sollst nicht hierherkommen.«

»Na und, hast du etwa Angst, ich könnte plaudern?« Lässig wedelte Koschwiz mit den Händen und lachte hämisch.

»Zum Geschäft«, sagte er unumwunden, rieb Daumen und Zeigefinger aneinander.

Der Andere griff in die Innentasche seines Jacketts, zog einen Briefumschlag heraus und drückte ihn Koschwiz in die Hand.

»Ist nicht so viel wie abgemacht, ich habe Schwierigkeiten. Die Geschäfte laufen im Augenblick nicht so gut.«

»Ach so.« Koschwiz setzte sich seine Sonnenbrille auf die Nase, ehe er weitersprach. »Sieh es mal so, ich brauche das Geld. Es ist meine Rente.«

»Ich könnte zur Polizei gehen«, lauerte der Andere.

Koschwiz lachte schallend auf. »Dann erfahren deine Leute und deine reichen Freunde, dass du eingesessen hast. Und was glaubst du, wird deine überhebliche Tusse davon halten?«

»Das wagst du nicht. Ich bin deine Rente. Schon vergessen?«, zischte Malermeister Schunke. Trotzdem rieselte es ihm kalt den Rücken herunter. Er wagte es nicht, sich auszumalen, was seine Frau sagen würde, würde sie jemals erfahren, dass er ein Ex-Knacki war.

»Bis nächste Woche.« Koschwiz tippte sich an einen imaginären Hut, stieg ein und fuhr vom Hof.

5. Kapitel

»Hör mal, Klara. Wenn wir zu zweit in diesem Haus leben wollen«, Swenson machte eine Kunstpause, kreiste mit seinem Blick einmal durch die Küche, »dann sollten wir uns über unser Zusammenleben verständigen. Ich weiß, das ist nicht leicht für mich, und für dich wahrscheinlich auch nicht.«

Er rieb sich mit den Händen übers Gesicht. Dann hob er den Kopf und warf ihr einen Blick zu, als wollte er ihr damit signalisieren: ›Vergiss nicht, ich bin hier der Boss.‹

Klara zog sich einen der Küchenstühle heran und ließ sich rittlings darauf nieder. Das Kinn auf die Lehne gestützt fragte sie: »Was genau meinst du damit? Ich bin in meinem Zimmer und da bleibe ich auch. Du hast dich doch im ganzen Haus breitgemacht.«

»So, habe ich das?« Swenson runzelt verärgert die Stirn. Er erhob sich, ging hinaus und kam gleich darauf zurück. »Und was ist das?«

Auf seinem ausgestreckten Handteller lag eine kleine Injektionsnadel. Er hielt sie ihr unter die Nase und fragte süffisant: »Und was ist das hier?«

Klara wich zurück. »Woher soll ich das denn wissen? Eine Nadel, oder?« Sie linste ihn von unten herauf an.

»Stell dich nicht dumm. Du nimmst Drogen. Das hier ist der Beweis.« Die Nadel fiel auf den Küchentisch.

Klara sprang auf. Die Arme vor der Brust verschränkt wiegelte sie ab: »So'n Quatsch. Ich nehme keine Drogen. Wie kommst du darauf, so was zu behaupten? Die Nadel könnte von wer-weiß-wem sein.« Rote Flecken blühten auf ihrem Hals. Verärgerung klang in ihrer Stimme mit, als sie zischte: »Wo hast du dieses Ding da gefunden?«

»Heute Morgen hier unten in meinem Bad.« Aufmerksam musterte er sie.

Klara schnappte nach Luft wie ein Fisch auf dem Trockenen. Sie spürte, wie ihr die Röte vom Hals weiter nach oben stieg. Sie ballte die Hände zu Fäusten und ehe er es sich versah, traf ihn der Fausthieb. Swenson rieb sich das Kinn und sah zu, wie Klara von einem Bein aufs andere hüpfte.

»Aua, au, autsch«, wimmerte sie und hielt ihre Hand fest an ihren Körper gepresst.

»Darf ich wissen, wofür das eben war?« Swenson funkelte sie an.

»Weil du mir hinterhergeschnüffelt hast.« Ihre Augen schossen giftige Pfeile in seine Richtung.

Er war sich sicher, würde er wirklich getroffen, er fiele auf der Stelle tot um.

»Ich habe uns Frühstückseier gebraten und wollte mir nur die Hände waschen, deshalb war ich in meinem Bad. Und da lag die Nadel auf der Ablage.«

Swenson trat an den AGA-Herd hob die Haube von der Platte und präsentierte ihr lecker aussehende Rühreier.

Sofort verbreite sich ihr Aroma in der Küche. Erst jetzt gewahrte Klara den für zwei gedeckten Frühstückstisch.

Sie setzte eine schuldbewusste Miene auf. »Die Nadel habe ich noch nie gesehen«, beteuerte sie. »Vielleicht haben unsere Vorgänger das Teil vergessen oder sie ist bei der letzten Grundreinigung übersehen worden.« Sie zuckte die Achseln und setzte hinzu: »Kann doch so gewesen sein. Oder nicht? Ich nehme keine Drogen, kannst du mir ruhig glauben.«

Um des lieben Friedens willen gab Swenson sich geschlagen – vorerst.

***

›Ich muss unbedingt Dede anrufen. Sie wird sich sicher schon sorgen, weil ich nicht wie versprochen sofort angerufen habe. Außerdem will ich noch ein Stündchen üben‹, dachte Klara, während sie das Frühstücksgeschirr in die Spülmaschine räumte. ›Hoffentlich kommt er nicht so schnell vom Gassigehen mit Püppie zurück.‹

So ein Mist. Enttäuscht steckte sie ihr Smartphone in ihre Jackentasche. Anscheinend hörte Dede das Klingeln nicht oder sie war mit Hebe beschäftigt. Da ging sie nie ans Telefon, das war eine ihrer eisernen Regeln. ›Hebe geht vor.‹

Im Prinzip fand Klara diese Regel richtig, nur eben heute nicht. Der Gedanke an ihr Patenkind zauberte ihr ein Lächeln ins Gesicht.

Sie lächelte noch, als Püppie gefolgt von Swenson ins Haus stürmte.

Der Spaziergang hatte beiden gutgetan, wie sie aus seiner entspannten Haltung wahrnahm.

»Du spielst Saxophon. Leugnen nützt nichts.« Er beugte sich zu Püppie herunter, kraulte das Hundemädchen ausgiebig hinter den Ohren. Dabei schielte er sie von unten herauf grinsend an und beichtete: »Wir haben gelauscht. Nicht wahr, meine Süße?«

Püppie trommelte mit ihrem Schwanz auf den Boden, als wollte sie sein Geständnis bestätigen.

»Stimmt«, bestätigte Klara. »Aber ich bin noch Anfängerin«, gestand sie. »Deshalb übe ich lieber allein.«

»Kann ich verstehen.« Er nickt. »Was ich gehört-« Er wurde durch ein schrilles Pfeifen jäh unterbrochen. Erschrocken zogt Klara ihr Handy aus der Jackentasche.

Misstrauisch fixierte sie das Display. Unterdrückte Nummer. Zaghaft fragte sie: »Ja bitte?«

»Du bist tot.«

Wie vom Blitz getroffen, unfähig sich zu bewegen, stand sie mit weit aufgerissenen Augen da und schnappte nach Luft. Das Telefon fiel ihr aus den Fingern und landete auf den Fliesen.

»Was ist los?« Swenson hob das Handy auf, hielt es sich ans Ohr. Nichts. »Aufgelegt.«

Mit weit aufgerissenen Augen und schreckensbleich saß Klara in sich zusammengesunken auf einem Stuhl. Sie starrte das Handy in Swensons Hand an, wie das

Kaninchen die sprichwörtliche Schlange. Ihre Hände zitterten, als sie Handy entgegennahm.

»Was hat dich so erschreckt?«

Swenson kniete vor ihr. Sachte berührte er ihre Wange, streichelte tröstend über ihre bleiche Haut.

Mühsam krächzte Klara: »Ich habe keine Ahnung.«

Sie wandte den Kopf zur Seite, eine Träne rollte ihre Wange hinab. Sie schämte sich. Ausgerechnet in Gegenwart dieses ungehobelten Klotzes, wie sie fand, wurde sie schwach und zeigte ihre Angst.

Sie holte ein paar Mal tief Luft, dann hatte sie sich gefangen.

Abrupt erhob sie sich, steckt das Handy ein, drehte sich um und stapfte wortlos aus der Küche.

Kopfschüttelnd sah Swenson ihr nach. Bisher war er immer davon ausgegangen, einigermaßen vernünftig mit seinen Mitmenschen, besonders mit Frauen, umgehen zu können. Was jetzt falsch gelaufen war, wollte sich ihm nicht so recht erschließen.

War er zu neugierig oder zu mitfühlend gewesen? Er wusste es nicht. Aber irgendwas musste eben am Telefon zu ihr gesagt worden sein, dass sie so heftig reagierte. Außerdem war da noch die Sache mit der Injektionsnadel.

Sein Jagdinstinkt erwachte.

Im Stillen fragte er sich, ob sie Drogen nahm. Andererseits macht sie auf ihn einen gesunden Eindruck. Sie sah nicht wie ein Junkie aus. Aber er hatte in seiner Kindheit und Jugend zu viele Drogenabhängige erlebt, um sich täuschen zu lassen. Das Paradebeispiel war seine Mutter. An ihr konnte er die Zeichen versteckter Sucht ausgiebig studieren. Swensons perfekte Familie. Niemand im Ort ahnte auch nur ansatzweise, was sich hinter den geschlossenen Türen des Gutshauses abspielte. Keiner wusste, dass die Frau Regierungsdirektor abends und nachts völlig hinüber auf dem Sofa im Salon lag und abwesend vor sich hin starrte. Oder wie sie tobte, wenn sie mal wieder auf Entzug war, weil sein Vater die versteckten Päckchen gefunden und in der Toilette entsorgt hatte. Dann flogen nicht nur die Tassen, sondern es wurde auch ein Besuch im örtlichen Möbelhaus nötig. Das Ende kam mit Schrecken.

Eines Tages, sein achtzehnter Geburtstag stand bevor, wurde er ins Büro des Schuldirektors gebeten. Als er eintrat, saß neben dem Schulleiter sein Vater. Der sonst so unnahbare Direktor erhob sich, wies auf den Sessel vor seinem Schreibtisch. Swenson überlegte hektisch, was er ausgefressen haben könnte, das die Anwesenheit seines Vaters erforderte. Er war sich keiner Schuld bewusst. Zaghaft beäugte er seinen Dad. Dessen ganze Gestalt wirkte erstarrt, wie vereist. Seine Mimik verriet nicht das Geringste.

»Mein lieber Junge«, sagte der Schulleiter und erhob sich. Er trat mit ausgestreckter Hand auf ihn zu, beugte den Kopf. »Mein Beileid. Arved, es tut mir so leid. Natürlich sind Sie vom Unterricht befreit. Nehmen Sie sich so viel Zeit, wie Sie brauchen.«

In Swensons Kopf schossen die Gedanken wie Ping-pongbälle hin und her. Ihn beschlich ein ungutes Gefühl, sein Magen verknotete sich. Hilfesuchend schaute er hinüber zu seinem Vater. Der war noch immer in seiner Erstarrung gefangen.

Swenson räusperte sich, doch der Kloß im Hals wollte nicht rutschen. Endlich hatte er sich gefasst, dass er lauthals lachte.

»Der Witz ist euch gelungen«, kicherte er. »Ich habe zwar keinen Schimmer, womit ich diesen schlechten Scherz verdient habe. Aber was soll's.«

Er wischte sich die Lachtränen aus den Augen und stutzte. Weder sein Vater noch der Schulleiter lächelten. Im Gegenteil. Beide starrten ihn mit versteinerten Mienen an.

Mit einem Schlag begriff er, dass die Kondolenz vollkommen ernst gemeint war. Swenson schaute erschrocken zwischen den Erwachsenen hin und her.

Endlich erwachte sein Vater aus seiner Versteinerung. Er erhob sich und umarmte ihn.

»Arved, deine Mutter ist vor einer Stunde auf der Straße nach Hause gestorben.«

Swenson schüttelte seinen Vater ab und flüsterte: »Wie?«

»Mit dem Auto, kurz vor unserem Haus. Die alte Buche. Sie ist dagegen gerast.«

Swenson schlug es die Beine weg. Er ließ sich in den Sessel fallen, bedeckte sein Gesicht mit den Händen und fing aus voller Kehle zu lachen an. Die Erwachsenen warfen sich verständnislose Blicke zu.

Mit allem hatten sie gerechnet, aber nicht mit dieser Reaktion. Endlich nahm er die Hände vom Gesicht. Tränen liefen ihm die Wangen herunter.

Sein Vater erhob sich, legte die Hand auf seine Schulter: »Komm mein Sohn, lass uns fahren.«

Betäubt ließ sich Swenson aus der Schule zum Auto führen und nach Hause fahren.

Wenige Wochen später verkauften sie das Haus, das einmal ihr Zuhause gewesen war. Vater und Sohn zogen in eine andere Stadt. Hier erinnerte nichts mehr an seine verstorbene Mutter. Trotzdem hielt er es nicht mehr lange im neuen Heim aus. Nach dem Abitur meldete er sich bei den Försvarsmakten, der schwedischen Armee. Nach dem Ende seiner Dienstzeit wurde er von John Belamy, dem Leiter des PCSR, dem privat consortium to safe the rainforest, angeworben. Einer privaten Organisation, die als Ziel den Schutz der Regenwälder und anderer wichtiger Kunst und Kulturschätze hatte. Die PCSR wurde von vielen Millionären gefördert, die aber nicht öffentlich genannt werden wollten. Vorzugsweise wurden Agenten, ehemalige Elitesoldaten und Polizisten eingestellt. Einer seiner wichtigsten Aufträge war, mit Zac in Brasilien am Xingu zusammenzuarbeiten. Swenson besuchte seine Heimat seitdem nie wieder. Das Misstrauen Menschen gegenüber, die er verdächtigte, Drogen zu konsumieren, blieb tief in ihm verwurzelt.

***

Klara saß auf ihrem Bett und rang nach Luft. Das Herz schlug ihr bis zum Hals. Sie nahm ihr Saxophon, um einige Tonleiter zu spielen. Musik zu machen, so hatte sie gelernt, beruhigte sie. Jetzt aber blieb ihr buchstäblich die Luft weg. Sie versuchte, die Töne herauszubringen – nichts. Nicht einmal einen Quietscher brachte sie zustande. Resigniert packt sie das Instrument ein und rollte sich anschließend auf dem Bett zusammen. Die Decke über den Kopf gezogen grübelte sie. Wieso zum Teufel hatte der Typ sie gefunden? Und wie kam er an ihre Telefonnummer? Wut stieg in ihr auf. Sie warf die Decke von sich, sprang auf, schnappte sich ihr Smartphone und scrollte ihre Anruferliste durch. Vielleicht wurde die Nummer doch angezeigt.

›Nein, war ja klar‹, dachte sie. Unterdrückte Nummer. Es wäre zu schön gewesen. Dann hätte sie sie blockieren können.

›Ob ich Swenson ins Vertrauen ziehen soll?‹, überlegte sie weiter. Während sie darüber nachdachte, fiel ihr auf, dass sie ihren Mitbewohner nicht kannte, nichts, aber auch gar nichts über ihn wusste. Nicht einmal seinen Vornamen kannte sie. Trotz allem fühlte sie sich mit ihm sicher. – ›Woran mag das liegen?‹

»So ist brav, braver Hund«, lobte Swenson, als Püppie ihm ihren Ball zu Füssen legte und ihn mit blitzenden Augen anhimmelte. Er bückte sich und warf das Spielzeug über die Wiese. Laut bellend sprang der Welpe dem Geschoss hinterher. Ein Lächeln umspielte Klaras Mund, während sie mit vor der Brust verschränkten Armen in der Tür stand und dem Spiel von Hund und Herrchen zusah.

Entschlossen ging sie auf Swenson zu, streckte ihm ihre Rechte entgegen und sagte: »Mein Name ist Klara Martinek, arbeitslose Produzentin, Freundin von Dede Nienhaus und Hobbysaxophonistin. Und Du bist?«

Verblüfft senkte Swenson den Arm. Er linste auf die ihm entgegengestreckte Hand und erwiderte: »Ähm …« Er räusperte sich. »Swenson.« Leise fast flüsternd setzte er »Arved« hinzu.

Klara ergriff strahlend seine Hand, schüttelte sie und sagte: »Arved Swenson, schön, dich kennenzulernen.«

6. Kapitel

»Das hat Spaß gemacht«, lachte Klara und knuddelte Püppie, die sich begeistert im Gras wälzte.

»Das finde ich auch«, bestätigte Swenson und breitete die Picknickdecke aus. Klara öffnete den Korb. Sie holte Dosen und Geschirr heraus und verteilte alles auf der Decke.

»Kusch, kusch, Püppie, verschwinde.« Sie wedelte mit der Hand, um den vorwitzigen Welpen zu vertreiben, der ständig versuchte, seine Nase in die Dosen zu stecken, um einen Happen von den so verführerisch duftenden Köstlichkeiten zu erhaschen.

»Arved.« Klara reichte Swenson einen Teller.

»Danke.«

Ausgestreckt lag er auf der Decke und schaute ihr zu, wie sie das Essen verschlang.

»Du scheinst hungrig zu sein«, bemerkte er.

Klara nahm einen Bissen von ihrem Sandwich. Mit vollem Mund nuschelte sie: »Bin isch auch. Der Wesch hierher war weit.«

Sie kaute – schluckte – kaute.

»Ich bin es nicht gewohnt, solche Strecken zu laufen. Mir zittern noch immer die Hände und Knie.«

Zum Beweis hielt sie ihm ihre Hände vors Gesicht.

Verwundert betrachtete Swenson ihr zitternden Finger. Er fand den Weg nicht sonderlich lang und anstrengend. Außerdem waren sie den größten Teil der Strecke mit dem Auto unterwegs gewesen.

Nur die letzten paar Meilen wanderten sie, zur Freude von Püppie und zu Klaras Verdruss, den Berg hinauf.

»Ich wusste nicht, dass du so ungeübt bist. Du siehst nicht so unsportlich aus«, entschuldigte sich Swenson.

»Ich habe nicht nur mich, sondern auch das hier den Berg hoch geschleppt.« Sie öffnete ihren Rucksack und zog eine Filmkamera von beträchtlicher Größe hervor.

Swenson riss die Augen auf.

»Du spinnst. Konntest du mir nichts davon sagen?«, wütete er.

Klara schüttelte den Kopf: »Nein, das musste ich allein bewältigen, wenn ich mich mit der Kamera auf den Weg machen will. Das heute war der Test. Ich hatte da so eine Idee.«

Sie baute das Stativ auf und setzte die Kamera darauf. Ihr Auge an den Sucher gepresst filmte sie die sie umgebende Landschaft. Dabei erzählte sie weiter.

»Die Ausrüstung wiegt so viel wie ein dreijähriges Kind. Dieses Gewicht muss ich bewältigen, sonst kann ich die ganze Sache gleich wieder vergessen.«

Arved auf der Decke war still geworden. Fasziniert beobachte er Klara bei ihrer Arbeit. Inzwischen hatte sie die Kamera vom Stativ genommen und stattdessen geschultert. Hingekniet filmte sie den Bergrücken hinauf. Den Zeigefinger auf ihre Lippen gelegt bedeutet sie ihm, Püppie bei sich zu behalten und keinen Mucks von sich zu geben. Langsam setzte sich Swenson auf und folgte ihrem Blick. Oben am Berggipfel stand ein Hirsch.

Sein ausladendes Geweih zeigte an, dass er der Platzhirsch, der Herrscher in seinem Revier, war. Swenson wagte nicht, sich zu rühren.

Die sich windende Püppie hielt er fest an sich gepresst. Auf keinen Fall wollte er Klara die Aufnahmen verderben. Das Hundemädchen zappelte in Arveds Griff und jaulte erst leise, dann lauter. Der Hirsch drehte den Kopf in ihre Richtung, seine Ohren gespitzt, dann sprintete er über den Kamm.

»Schade«, seufzte Klara und richtete sich auf. Die Kamera legte sie auf die Decke. Dann setzte sie sich zu ihm.

Die Arme um die angezogenen Beine und das Kinn auf ihre Knie gelegt, schaute sie in den Himmel. Swenson lächelte sie an.

»Ich bin mir sicher, dass dir einige schöne Aufnahmen gelungen sind.«

»Schade nur, dass ich sie mir nicht gleich ansehen kann. Dazu bräuchte ich einiges an Equipment und das habe ich natürlich nicht mitgebracht.«

»Wir könnten nach Inverness fahren, dort finden wir bestimmt einige private Filmproduktionen. Hochzeitsfilmer gibt es wie Sand am Meer«, schlug Swenson vor.

»Ob die mich an ihr Zeug ranlassen?«, zweifelte sie.

»Ach«, mit einer Handbewegung wischte er ihren Einwand weg.

Er erhob sich und reichte ihr die Hand. Mit einem Ruck zog er sie hoch. Sie taumelte. Mit seiner Hand auf ihrem Rücken stützte er sie, um ihr Halt zu geben. Dicht an seinen Körper gepresst nahm sie seinen männlichen Geruch wahr. Er verströmte einen Duft nach einem dieser altmodischen After Shaves. Sie spürte die Hitze, die von seinem Körper ausging. Hin und hergerissen zwischen den Wünschen, sich an ihn zu pressen und gleichzeitig zu fliehen, stand sie da und schaute zu ihm auf. Seine Mundwinkel zuckten wissend. Dann war der Moment vorbei.

Klara bückte sich und packte die Kamera ein, während er den Picknickkorb und die Decke verstaute.

Arved rief Püppie heran, die die unbeobachteten Momente genutzt hatte um, im Gesträuch zu schnüffeln und dabei einen Hasen aufzuscheuchen. Mit einem Hundeblick schaute sie dem fliehenden Tier nach.

***

In der Seniorenresidenz saß Adolf Koschwiz über seinen Kontoauszügen und runzelte missbilligend die Stirn. Er brauchte unbedingt Geld. Sein Haben war beträchtlich geschmolzen, hatte sich einfach in Luft aufgelöst. Er beschloss, dass er sich neue »Ochsen« zum Melken beschaffen musste.

Hatte letztens dieser Trottel von Malermeister nicht irgendetwas davon geschwafelt, den Graf getroffen zu haben?

Das wäre zu schön, um wahr zu sein. Koschwiz grinste gehässig vor sich hin, während er sich ausmalte, wie er den Graf schröpfen würde. Er sah es förmlich vor seinem inneren Auge, wie sein Kontostand wuchs und wuchs. Einen Haken gab es da allerdings noch: Er hatte keine Ahnung, wo dieser Graf aufzutreiben war.

›Das Beste wird sein‹, dachte er, ›ich riefe Bruno zu mir.‹ Bruno, sein Handlanger und Spezi aus alten Zeiten, würde den Graf schon auftreiben.

›Außerdem ist es an der Zeit, sich nochmal bei Schunke melden. Herrje, ist denn schon wieder eine Woche rum?‹ Er setzte sich in seinen Rollstuhl und fuhr gemächlich auf die Straße. Während er so auffällig wie nur möglich in seinem Rollstuhl zu dem, außer Sichtweite der Rezeption vom Seniorenstift liegenden, Parkplatz rollte, beschloss er, Bruno zu dem Maler schicken. Überhaupt sollte er sich mehr Brunos Dienste zunutze machen, nahm er sich vor. ›Nachher würde er ihn anrufen, jetzt hatte er Besseres vor.‹

Auf dem Parkplatz erhob er sich aus seinem Rolli. Auf seinen eigenen Beinen stehend verstaute er das Gefährt im Kofferraum seines Mercedes.

Sein Weg führte ihn ins Hafenviertel. In einem der gläsernen Bürohäuser hatte Madam Lydia ihre Praxis. Sein Mund verzog sich zu einem lasziven Grinsen. Die Hand lässig im Schritt, dachte er an das Püppchen, das er sich für heute reserviert hatte.

Die Nachmittagssonne spiegelte sich in der Glasfassade, als er in die Tiefgarage fuhr.

Oben in der letzten Etage klingelte er und die unscheinbare Tür öffnete sich. Vor ihm stand in einem knallroten engen Einteiler aus Latex eine gepflegte Lady.

»Komm doch rein, Adolf.« Sie trat zur Seite und ließ ihn vorbei. »Du wirst sehnsüchtig erwartet«, schnurrte sie und ihre Stimme klang dabei nach Rauch und Whisky.

Eine kleine Melodie vor sich her summend verließ er eine Stunde später in bester Stimmung das Etablissement. Seinen Gehstock schwang er im Takt der Musik vor sich her. Er summte noch fröhlich vor sich hin, als er mit seinem Rollstuhl zur Seniorenresidenz fuhr. Doch kaum war die Tür des Hauses hinter ihm ins Schloss gefallen, sackte er in seinem Stuhl zusammen. Sein Gesicht verzog sich zu einer Maske mit hängenden Mundwinkeln.

***

»Ich habe es dir gleich gesagt, die Szene mit dem Hirsch ist recht hübsch geworden.«

»Hübsch«, schnaubte Klara. »Hast du nicht zugehört, was der da drin gesagt hat?« Sie zeigte mit dem Daumen hinter sich. »Er sagte«, wiederholt sie, »man könnte was draus machen und er sei bereit, mir zu helfen. Gegen ein entsprechendes Entgelt, versteht sich.« Sie wuschelte sich mit den Fingern durchs Haar. Trocken stellte sie fest: »Für die Pornofilmerei wird's schon reichen.«

Verblüfft schaute Swenson ihr nach. Seine Mundwinkel breit verzogen gluckste er vor sich hin, bis sich ein schallendes Gelächter bahnbrach. Er wischte sich Lachtränen ab und gluckste: »So wie du habe ich das noch nie gesehen. Die Meinung des Hochzeitsfilmers hatte ich so nicht interpretiert. Könnte interessant werden. Du als Pornoproduzentin. Das hat was.«

Stumm zeigte Klara ihm den Vogel und marschierte los.

Er war stehengeblieben, während er ernsthaft darüber nachdachte. So unrecht hatte Klara wohl nicht. Dieser Bursche kam ihm reichlich überheblich vor. Wie der mit Fachbegriffen um sich geworfen hatte. Im Stillen stimmte Swenson Klara zu.

»Kommst du?« Sie wandte sich um, um zu sehen, wo er blieb.

»Ich denke, dein Urteil stimmt.« Er reichte ihr seinen angewinkelten Arm. Klara nahm seine Hilfe gerne an und hakte sich bei ihm ein. Das Pflaster des Gehweges war nicht dazu geschaffen, mit zehn Zentimeter hohen Absätzen darüber zu stöckeln.

Sie spazierten am Inverness-Castle vorbei, hinunter in die City.

Swenson überragte Klara um Haupteslänge. Wenn sie stehen blieb, um die Auslagen in den Schaufenstern zu betrachten, vermochte er es im Spiegel des Glases ihr Gesicht und ihre Mimik zu beobachten. Es fasziniert ihn zu sehen, in welchem Tempo ihr Mienenspiel wechselte. Je nach Inhalt des Fensters zeigte sie freundliche Aufmerksamkeit oder Desinteresse.

Einzig vor einem Musikgeschäft, bei dem von außen zu sehen war, dass einige Saxophone im Laden in Vitrinen hingen, geriet sie in echte Begeisterung. Ihre Augen strahlten, als sie ihm einen Blick zuwarf. Sie klatschte wie ein kleines Mädchen in die Hände.

»Siehst du das Rote dahinten?« Sie zeigte mit dem Finger in den Laden. »Das muss ich ausprobieren«, rief sie und stieß Ladentür auf.

Überrascht folgte er ihr in das winzige Geschäft. Die unterschiedlichsten Instrumente standen oder hingen an den Wänden. In einer Ecke stapelten sich in Regalen Notenhefte.

Klara lenkte ihre Schritte zur Vitrine mit den Blasinstrumenten. Neben den Saxophonen waren noch zwei Trompeten und eine Posaune ausgestellt. Eilfertig kam der Verkäufer hinter seinem Ladentisch hervor.

»Interessieren Sie sich für eines unserer Hörner?«, fragt er und reibt sich dabei die Hände, als würde er ein Geschäft wittern. »Darf ich Ihnen eines der Instrumente zeigen?«

Zielgerichtet holte er das rote Saxophon aus der Vitrine und reichte es Swenson.

Arved hab abwehrend die Hände: »Nein, ich nicht. Aber die junge Dame hier würde es gerne ausprobieren, wenn das möglich wäre.«

Der Verkäufer guckte etwas skeptisch, dann reichte er das Instrument an Klara weiter.

»Es handelt sich um ein Tenorhorn. Und vielleicht ist es etwas schwer für Sie.«

Er gab ihr einen Nackengurt und ein Mundstück.

Klara legte das Reed in das Mundstück und steckte es auf den S-Bogen. Fachkundig baute sie die Teile zusammen und blies ihren ersten Ton. Verzückt schloss sie die Augen, während sie eine der Tonleiter und einige Variationen davon mal kräftiger, mal weniger stark blies. Die Töne, die sie dem Blech entlockte, klangen weich und sanft, dann wieder hart und schrill. Der Verkäufer und Swenson lehnten sich an den Ladentisch und hörten hingerissen zu. Klara nahm ihren ganzen Mut zusammen und spielte ihren Lieblingstitel von Christina Perri, ›A thousand years‹. Es war absolut still im Raum. Kunden, die hereinkamen, blieben ehrfürchtig stehen und lauschten. Swenson verschlug es buchstäblich die Sprache, so hatte er noch nie einem Sax zugehört.

Die Stille war deutlich greifbar und hielt noch einen Augenblick über das Ende der Melodie hinaus an.

Klara löste das Instrument aus seiner Halterung. Sanft glitten ihren Finger über die seidige Kühle des Metalls. Sie spürte noch einen letzten Moment dem Klang nach, mochte sich noch nicht trennen.

Die Leute im Laden erwachten aus ihrer Trance und klatschten Beifall.

Peinlich berührt – sie war so viel Aufmerksamkeit nicht gewohnt – reichte sie das Instrument an den Verkäufer zurück und sagte: »Vielen Dank, dass ich es spielen durfte.«

Verkäufer behielt das Horn abwartend in der Hand. Als Klara leicht ihren Kopf schüttelte, spiegelte sich

Enttäuschung auf seinem Gesicht wider. Seufzend stellte er es zurück in den Ausstellungskasten.

»Lass uns gehen.« Swenson nickte ihr zu.

Sie verließen das Geschäft. Mit einem sehnsüchtigen Blick wandte sich Klara um und schaute noch einmal in die Vitrine.

»Schade, ich werde es mir nie leisten können«, wisperte sie, überzeugt davon, dass Swenson die Sehnsucht, die in ihrer Stimme mitschwang, nicht wahrnahm.

Erstaunt fragte er: »Warum denn nicht?«

Klara blieb mitten auf dem Fußweg stehen. »Arved, hast du das Preisschild nicht gesehen?«

»Nein, da habe ich nicht so drauf geachtet. Aber was kann so ein Teil schon kosten?« Er zuckte mit den Schultern. »Ein paar Hunderter vielleicht.«

Wie ein Fisch auf dem Trockenen öffnete und schloss sie ihren Mund. Dann hatte sie sich gefangen und sagte: »Du irrst dich, mein Lieber, für den Preis könnte man locker ein kleines Auto kaufen.«

Jetzt schnappte Swenson seinerseits nach Luft und guckte sie ungläubig an.

»Das da drinnen«, sie wies mit dem Daumen hinter sich, »ist ein absolutes Profi-Instrument. Und selbst die können sich sowas nicht immer leisten. Und jetzt komm, ich habe Hunger. Lass uns einen gemütlichen Pub suchen und was essen.«

7. Kapitel

»Was ist los? Arved.«

Klara sah zu, wie er der verspielten Hündin ein läng-liches Ding aus dem Maul zu holen versuchte. Doch das vorwitzige Hundemädchen fasste seine Besorgnis als Spiel auf und rannte weg.

Swenson hechtete hinter ihr her. Schwanzwedelnd kam sie auf Klara zugelaufen und ließ das Teil vor ihren Füßen fallen. Die Lefzen zu einem Grinsen verzogen strahlte sie sie von unten herauf an. Arveds Hand schoß vor. Püppie war schneller als er. Ihre Schnauze schnapp-te zu und schon flitzte sie über den Hof.

»Das ist nicht lustig«, schnaufte Arved. Er pustet wie eine kleine Lokomotive. Der Hund hatte ihn an seine Grenzen gebracht.

»Und ob das lustig ist.« Klara wischte sich die Lach-tränen aus den Augen.

»Komm, Püppie, wir tauschen«, rief sie die Hündin zu sich, wandte sich um und marschierte an dem noch immer nach Luft ringenden Mann vorbei in die Küche.

Aus dem Kühlschrank holte sie eine Karotte, schnitt ein Stück ab und lockte: »Gib es mir.« Sie hielt ihr das Möhrenstückchen vor die Schnauze. Sofort verlor das

Hundemädchen das Interesse an ihrem Spielzeug und schnappt zu.

»So ist es fein. Das hast du fein gemacht«, lachte Klara und kraulte ihr die flauschigen Ohren.

»Siehst du, so macht man das. Tauschen ist das Zauberwort«, triumphierte sie.

»Da bin ich mir nicht so sicher, ob die Profis der Hundeerziehung denselben Standpunkt vertreten. Was war das, was sie partout behalten wollte?«

»Och, nichts weiter.« Sie zeigte auf den Mülleimer. »Ich habe es gleich weggeworfen. Ein zerknautschtes Stück Plastik.«

›Ich muss besser auf meine Spritzen achten‹, dachte sie. Nicht auszudenken was passiert wäre, hätte der Hund einen vollen Injektionspen zu fassen bekommen.

Vor allem der Gedanke, Swenson erklären zu müssen, woran sein Hund gestorben war, jagte ihr nachträglich einen Schauer den Rücken hinunter.

Wenn sie weiterhin so lügt, setze ich sie vor die Tür. Swenson zog die Stirn kraus und sah aus dem Fenster. Ich habe genau gesehen, dass es eine Spritze war. Freilich kann ich im Mülleimer nachsehen und sie damit konfrontieren, aber ich hoffe, sie vertraut mir und ist ehrlich. Zumal die letzten Tage so harmonisch waren.

Ein Lächeln streifte seine Miene, als er sich an die Episode im Musikgeschäft erinnerte und danach an das Essen im Pub mit Livemusik. Und den Spaß, den sie dabei hatten, als sie gemeinsam mit den anderen Gästen lauthals und falsch mitsangen.

So wohl wie an diesem Abend hatte er sich schon lange nicht mehr gefühlt und sie sicher auch nicht. Davon war er überzeugt.

Andererseits konnte sie machen, was sie wollte. Welches Recht habe ich, ihr Vorschriften zu machen?, dachte er.

Erschöpft setzte er sich auf einen der Küchenstühle, die um den großen ovalen Esstisch herumstanden.

»Du hast es gut.« Er streichelte dem Welpen über den Kopf, den dieser auf seinem Oberschenkel platziert hatte, um ihn mit seelenvollem Blick anzuschmachten.

»Gib mir einen Tipp, was sollen wir tun?« Püppie schüttelte ihren Kopf und wuffte leise. »Das hätte ich jetzt auch gesagt.« Swenson schmunzelte. »Also warten wir ab. Geben wie ihr noch eine Chance«, flüsterte er in Püppies Ohren.

***

Walter Graf schreckte auf. Was war das? Er lauschte. Da war das Geräusch wieder! Jemand stand im Treppenhaus vor seiner Wohnungstür. Er warf die Decke von sich, schwang die Beine vom Sofa. Schon zwei Uhr. Er hatte sich hingelegt, um nur ein Nickerchen zu halten, jetzt musste er sich beeilen. Bruno wartete nicht gerne. Er zog sich den Trenchcoat über, setzte seinen Trilby auf, öffnete die Wohnungstür und prallte gegen Bruno.

»Oh, du bist hier. Wir wollten uns doch unten treffen.«

»Ach weeste, ick denke mir, so isses bequemer, weniger Lauscher«, der Mann kniff ein Auge zusammen, nickte und boxte dem deutlich größeren und kräftigeren Mann auf die Brust.

Graf rieb sich über die schmerzende Stelle. Aber Brunos Hemdsärmeligkeit hatte auch ihre guten Seiten. Im Knast zum Beispiel, da war sie sehr von Nutzen. Bruno, als ehemaliger Boxer, sorgte dafür, dass er, der Größere aber Schwächere von ihnen, unbehelligt blieb. Bruno hielt ihm die Schläger und Etagenbosse vom Leib. Im Gegenzug übersetzte er die kniffligen Schreiben vom Juristendeutsch ins Berlinerische, damit auch Bruno sie verstand.

»Watt is nu, lässte mir rein.« Der bullige Mann drängelte. Nur widerwillig gab Graf den Weg frei.

Er ächzte leise, als er seinem leidigen Besucher ins Wohnzimmer folgte.

Bruno unterzog das Zimmer einer eingehenden Musterung. »Schön haste's dir jemacht. Bisken altmodisch, aber jediegen.«

Er nickte, setzte sich und schlug nonchalant die Beine übereinander.

»Icke soll dir von Koschwiz gjüßen«, sagte er und schnippte sich einen imaginären Fussel vom Oberschenkel.

Walter Graf spürte, wie ihm das Blut aus dem Gesicht wich. Seine Beine gaben unter ihm nach, sein Puls beschleunigte sich. Bisher glaubte er, diesen Namen nie mehr zu hören, jetzt holte er ihn ein. All die Jahre fühlte er sich vor Koschwiz' Fängen sicher.

Graf schluckte trocken: »Wie geht es ihm? Habe lange nichts mehr von ihm gehört.«

Über Brunos Gesicht huschte ein verschlagenes Grinsen, als er erwiderte: »Er von dir och nich. Und dett macht ihm dolle traurich. Wenne varstehst, watt ick mehne.«

»Ich hole uns ein Bier«, bot Graf an und verzog sich in die Küche. Während er die Flaschen aus dem Kühlschrank nahm, überlegte er fieberhaft, was Koschwiz wohl von ihm wollte.

Er wusste doch, dass die Polizei die Sachen vom Raub damals gefunden und an den Nachlassverwalter ausgehändigt hatte. Also was brütete der Scheißkerl aus?

Bruno grapschte nach der Flasche und trank so hastig, dass die Kohlensäure spritzte und das Bier schäumte. »Also, die Sache ist die: Wir wissen, du bist an 'ner großen Sache dran.« Er wischte sich den Schaum vom Mund und setzte hinzu: »Wir wollen dabei sein.«

Graf war aufgesprungen, die Hände zu Fäusten geballt stand er vor Bruno und sagte: »Kommt nicht in Frage. Das ist mein Deal. Das habe ich mir verdient.«

Gemächlich schraubte sich Bruno aus seinem Sessel. Die Augen zu Schlitzen verengt taxierte er Graf.

»Ist das dein letztes Wort?«, fragte er.

Als Graf nickte, traf ihn ein Faustschlag auf die Nase und ein Tritt haute ihn von den Füßen. Weitere Schläge prasselten auf ihn nieder. Graf rollte sich zur Kugel zusammen. Doch die Hiebe kamen heftiger, dabei zischte Bruno unentwegt: »Los, du Feigling, wehre dich.«

Er tänzelte um den am Boden liegenden Mann herum wie ein Boxer im Ring um seinen Gegner.

Bruno hielt inne, legte eine Pause ein, schlenderte zum Kühlschrank und holte sich ein weiteres Bier.

»Auch eins?«, fragte er, bückte sich und hielt ihm die Flasche unter die Nase.

Mit zusammengebissenen Zähnen, die Finger um die Sessellehne gekrallt, zog sich Graf vom Boden hoch und setzte sich.

Er richtete den Blick aus seinen zugeschwollenen Augen auf Bruno.

»Warum?«, krächzte er.

»Damite besser denken kannst. Varstehste mir?«

Walter Graf wischte sich mit den Hemdsärmeln das Blut vom Gesicht.

»Also wie iss et?« Bruno nahm einen Schluck aus der Flasche und schlug sie auf die Tischkante. Das Bier und die Glassplitter spritzten im Zimmer herum.

Mit dem gezackten Flaschenhals in der Hand trat der Boxer auf ihn zu. Er drohte: »Du weest, icke mache nich viel Federlesen. Also watt is nu?«

Graf schüttelte den Kopf. Er fiel nach vorn, lag auf seinem Teppich, röchelte. Mit jedem Atemzug drang ein Schwall blasenschlagendes Blut aus seinem Mund. Der Flaschenhals steckte ihm tief im Hals.

Seltsam, dachte er, es tut nicht weh. Das Letzte, was er sah, war Brunos grinsende Visage.

Bruno warf die Tür hinter sich ins Schloss. Schöne Sauerei da drin, dachte er, als er beschwingten Schrittes das Haus verließ.

Er stoppte bei den Müllcontainern. Im Hinausgehen hatte er die Post aus dem Briefkasten gefischt. Bevor er diese entsorgte, sah er den Stapel durch.

»Das is' ja mal was. Eine Ansichtskarte aus Schottland«, gluckste er und schob sie in seine Manteltasche.

Drei Glockenschläge von der Turmuhr machten ihm Beine.

Bruno lachte hämisch auf und dachte: Hätte nicht gedacht, dass das mit dem alten Knochen da oben so lange dauerte. Wollte schon vor 'ner ganzen Weile bei Koschwiz sein. Nun ja, muss er halt warten. Aber dafür bringe ich ihm auch 'ne Goldgrube mit.

Wenig später stoppte er seinen Lauf, hielt inne und überlegte.

Was, wenn Koschwiz mit ihm dasselbe vorhatte? Wenn er ihm die Adresse von dem Mädchen gab, dann brauchte er ihn nicht mehr. Bruno fühlte sich unwohl in seiner Haut.

Ich brauche eine Rücksicherung, überlegte er und lenkte die Schritte in Richtung seiner Lieblingskneipe.

Bei einem zischenden Bier würde ihm schon eine Lösung einfallen. Bisher war ihm immer noch was eingefallen, wie er seinen Kopf aus der Schlinge ziehen konnte.

Solange musste Koschwiz halt warten, dachte er und bestellte sich ein kühles Blondes.

8. Kapitel

Wieso stelle ich mich so an, dachte Klara und unterzog ihren Bauch einer kritischen Begutachtung. Um die Einstichstellen zeigten sich ein paar blaue Flecken. Sie seufzte. Ich könnte ihm sagen, dass ich Diabetikerin bin. Ist doch nicht schlimm. Es gibt viele, die diese Krankheit haben und gut damit leben, redete sie sich zu. Sie zuckte mit den Schultern ihrem Spiegelbild zu und dachte: Was geht ihn das was an? Ich bin ihm keinerlei Rechenschaft schuldig. Soll er von mir denken, was er will. Hauptsache ich weiß, dass ich kein Junkie bin.

Sie drehte die Dusche auf und stieg unter die Brause. Das heiße Wasser prasselte auf ihren Nacken. Sie spürte, wie sich die verhärteten Muskeln entspannten. Die Augen geschlossen bewegte sie ihren Kopf unter dem warmen Strahl und stöhnte auf. Das tat gut, so gut.

Andererseits, dachte sie weiter, tue ich ihm auch unrecht. Er sorgt sich um mich. Das hat schon lange keiner mehr getan. Außer Dede und ihre Familie vielleicht, schränkte sie ein.

Sie griff sich die Seife, die in der Schale bereitlag. Klara hielt sie unter Wasser und als sich Schaum bildete, stieg ihr ein Duft in die Nase. Ein altmodischer

Geruch, nicht so künstlich, wie die Shampoos heute rochen, sondern natürlich nach Flieder. Altmodisch. Sie rieb sich ihren Körper mit dem duftenden Schaum ein.

Ihre Lieblingsnanny hatte sie abends vor dem Zubettgehen mit solch duftender Seife gebadet. Mit einem Mal mochte Klara den Fliedergeruch an sich nicht mehr. Sie spülte die Seife ab und wusch mit einem Badeshampoo nach. Ihr Herz krampfte. Sie zitterte, obwohl sie die Temperatur des Wassers hochgeregelt hatte. Ihre Glieder schlotterten. Ihr war kalt, eisigkalt. Die Kälte erfasste nicht nur ihr Äußeres, sondern auch ihr Inneres.

Sie stieg aus der Dusche, hüllte sich in ein flauschiges Badetuch. Ihre Beine gaben unter ihr nach. Sie schaffte es, sich auf den Toilettendeckel zu setzen.

Sie schlotterte am ganzen Körper. Die Erinnerung an den wirklich letzten glücklichen Abend ihrer Kindheit war durch den Fliederduft geweckt worden. Danach kam das Grauen. Als sie erwachte, wurde sie von einem Feuerwehrmann die Treppe heruntergetragen. Überall war Rauch. Dicker, schwarzer, stinkender Qualm. Sie rang nach Luft. Ihr Retter brachte sie nach draußen und dort wurde sie sofort in einen Krankenwagen gelegt. Durch das Autofenster erspähte sie die lichterloh brennende Villa. Ihr Zuhause brannte.

Sie wurde ins Krankenhaus gebracht. Und erst später, sehr viel später, als sie es nicht mehr wagte, nach ihren

Eltern zu fragen, weil ihr niemand eine Antwort gab, erfuhr sie, dass ihre Eltern tot waren.

Sie waren einem Raubmord zum Opfer gefallen. Und um seine Spuren zu verwischen, hatte der Mörder das Haus angezündet.

Die Polizei ermittelte schnell den Täter und er wurde zu lebenslanger Haft verurteilt. Das alles hatte sie erst erfahren, als sie erwachsen war und Einsicht in die Gerichtsakten erlangte.

Alles, was von ihrer Kindheit noch übrig war, lagerte jetzt in einigen Kisten auf ihrem Dachboden.

Klara atmete, ein, aus, ein, aus. Ihr rasendes Herz schlug langsamer. Das Zittern ließ nach, ihr wurde wärmer. Sie erhob sich und wickelte sich in ein frisches Badehandtuch. Den Fliederduft würde sie ab sofort meiden. Keine altmodischen Seifen mehr, beschloss sie und schlug die Badtür hinter sich zu.

Frisch gebadet und angezogen holte sie ihr Saxophon aus dem Kasten.

Ich habe viel zu lange nicht mehr geübt, dachte sie und improvisierte mit den Tonleitern. Langsam, fast unmerklich, wandelten sich ihre Melodien. Sie spielte ein altes englisches Volkslied. Es war einer der ersten Titel, die sie auswendig konnte. Sie liebte dieses Stück.

»Pst, pst.« Swenson legte den Finger über die Lippen und streichelte die winselnde Püppie. Er kraulte das Tier, um es zu beruhigen, und lauschte Klaras Musik.

Ja, sie hatte es drauf. Obwohl er nicht so der Fan von Swing und Jazz war – er mochte mehr Heavy Metal –, gefiel ihm, was er vernahm.

***

Bruno wartete an der Ecke zum Seniorenstift. Die Hände steckten in den Hosentaschen seiner Trainingshose. Er hielt die Ansichtskarte umklammert.

»Na, hast du mit Graf gesprochen?« Bruno zuckte zusammen, als er das Näseln hinter sich hörte, und drehte sich um. Koschwiz saß in seinem Rollstuhl vor ihm.

»Jo, Boss, alles klar?«

»So, so«, murmelte Koschwiz und streckte seine Hand vor. Bruno reichte ihm die Karte und Grafs Handy.

Übereifrig tippte er auf das Display.

»Da ist die Nummer von so 'ner Schnalle gespeichert. In England.« Er winkte ab, murmelte aber in sich hinein: »Weiß der Deibel, watt es mit der auf sich hat.«

Beiläufig, als wäre es nicht von Belang, fragte er: »Noch was gewesen?«

»Nö«, stotterte Bruno und wischte sich die Hände an seiner Hose ab. Koschwiz sah ihn aus zusammengekniffenen Augen an. Eine Gänsehaut fuhr ihm über den Rücken und ihn überkam das Gefühl, durchschaut worden zu sein. Er schrumpfte förmlich in sich zusammen.

Endlich senkte der Mann im Rollstuhl seinen stechenden Blick und winkte ab.

»Was soll›s, Abfall gibt es überall.« Ohne seinen Handlanger weiter zu beachten, drehte Koschwiz sein Gefährt herum und rollte ins Haus zurück.

Bruno atmete erleichtert auf. Noch mal davongekommen.

Er schob erneut seine Hände in die Hosentaschen und tänzelte den Gehweg entlang. Dabei beschloss er, sich aus dem Staub zu machen. Ein hämisches Grinsen huschte über sein Gesicht, als er an die in seinem Zimmer in der Unterkunft im Spind unter ein paar Socken verstecken Scheinbündel dachte. Die würde er einstecken und sich verdünnisieren.

»So ein Schei–« Bruno knallte die geöffnete Spindtür zu. Die quietschte und schlug abermals auf. Hektisch durchwühlte er die Habseligkeiten. Nichts! Alles weg. Jemand hatte seinen Spind aufgebrochen. Er fuhr sich mit den Fingern durch die spärlichen Haare und starrte in das Fach vor sich. Wer zum Teufel hatte sich an seinen Klamotten vergriffen? Bruno seufzte auf. Es hatte keinen Zweck, länger nachzugrübeln, wer sein Geld genommen und sich damit aus dem Staub gemacht hatte. Er schwor dem Dieb ewige Rache, aber Abhauen war jetzt nicht. Musste er halt sehen, wie er wieder zu etwas Geld kam. Ob er Koschwiz anpumpen sollte? Noch während er darüber nachdachte, begab er sich auf den Weg in den Park zu seinem Stammplatz.

Ich brauche dem Alten ja nicht zu sag'n, dass icke abzwitschern will. Ich sach ihm einfach, meine Tante wäre gestorm, und icke brauche datt Jeld für datt Begräbnis.

Er nickte zufrieden über seinen Einfall und nahm sich vor, Koschwiz bei nächster Gelegenheit um Geld anzubetteln. Er schlenderte gemächlich um den Teich herum, dort hinten saßen seine Kumpels, tranken Bier und lachten. Er hob den Arm, um ihnen zu zuwinken, da verspürte er einen stechenden Schmerz in seiner Brust. Die Hand auf die brennende Stelle gepresst sah er das Blut zwischen seinen Fingern hindurchsickern. Oh Scheiße, dachte er und stürzte nach vorn, landete mit dem Gesicht in einer Regenpfütze. Ein letzter Gedanke schoss ihm durchs Gehirn. Abfall gibts überall, hatte Koschwiz gesagt.

Er wusste nicht, dass er damit gemeint war.

***

»Klara«, rief Swenson. Er stand im winzigen Hausflur, hatte Püppie die Leine umgelegt und wartete. Verdammt, wo blieb sie nur so lange? Gelangweilt kaute sie an dem Lederriemen herum. Swenson lächelte, während er den Hund betrachtete, und dachte: Wenn sie nicht bald auftaucht, hat die kleine Hexe das Leder bald zernagt.

Endlich tauchte Klara auf und ihm verschlug ihr Anblick die Sprache. Sie drehte auf dem Treppenabsatz eine Pirouette.

»Kann ich so mit dir gehen?«, fragte sie und errötete leicht dabei. Das Kleid im Fünfzigerjahre Look war knallrot mit weißen Punkten. Der Tellerrock mit dem Petticoat darunter schmeichelte ihrer Figur, ein weißer Gürtel betonte ihre schmale Taille. Ein wagenradgroßer Kragen bedeckte ihre Schultern. Die Haare hatte sie zu einem eleganten Chignon frisiert und ein Stockschirm vervollständigte ihr Outfit.

»Gut so?« Noch einmal vollführte sie, auf ihren Schirm gestützt, eine elegante Drehung.

Arved spitzte die Lippen und gab einen anerkennenden Pfiff von sich, ehe er sagt: »Wir wollten nur eine Rundfahrt um den See machen.«

»See«, maulte Klara. »Das muss Loch Ness heißen und wir spielen heute dekadente Engländer, die am Sonntag zu einem Picknick ausfahren.«

Sie beugte sich zu Püppie herunter, knuddelte sie und flüsterte: »Dein Herrchen hat aber so gar keine Ahnung von Stil.«

Ehe sich Swenson versah, war sie an ihm vorbeigetänzelt, hatte im Auto Platz genommen und rief ihm von dort ungeduldig zu: »Arved, wo bleibst du? Wir warten.«

Püppie war ihr selbstverständlich gefolgt und saß nun, ganz Königin, im Fond des Wagens und streckte ihren Kopf aus dem offenen Fenster.

Swenson erwachte aus seiner Trance, schnappte sich den Picknickkorb, verstaute ihn im Kofferraum, stieg ein und gab Gas.

Der Ausflug war sein Friedensangebot an Klara. Er war entschlossen, sich ihr Vertrauen zu sichern. Sie sollte spüren, dass es ihm ernst mit ihr war. Während sie die enge Straße nach Fort Augustus entlangfuhren, linste er immer wieder verstohlen zu ihr hinüber. Und was er sah, gefiel ihm über die Maßen. Sie sah nicht wie ein Junkie aus, nicht das Mindeste an ihr deutete daraufhin, dass sie Drogen konsumierte.

»Was hältst du von diesem Platz?« Sie zeigte aus dem Fenster auf einen Picknickplatz am Ufer.

Arved warf einen Blick hin, schüttelte den Kopf und erwiderte: »Noch nicht. Wir sind noch nicht da. Ich kenne ein lauschiges Plätzchen. Vertrau mir, es wird dir gefallen.«

Er fuhr die leicht ansteigende Panoramastraße an Loch Ness entlang. Klara hatte ihren Arm mit dem darauf gebetteten Kopf auf der Armlehne abgestützt und bestaunte die an ihr vorbei fließende Landschaft. Nadelwald wechselte sich mit mächtigen, alleinstehenden Laubbäumen ab. Lücken dazwischen gaben den Blick frei auf das unter ihnen silbrig in der Sonne funkelnde Wasser und den tiefblauen Himmel darüber frei.

Klara erspähte in der Ferne eine in den See hineinreichende Halbinsel, auf der ein verfallenes Castle in die Luft ragte.

Sie zeigte nach vorn. »Was ist das dort?«

Swenson lächelte. »Wart's ab. Wir sind gleich da.«

Er bog von der Straße ab und in einen Schotterweg ein. Vor ihnen erhob sich Urquhard Castle.

Swenson stoppte den Wagen und stieg aus. Zügig schritt er um das Auto herum, öffnete die Beifahrertür und reichte ihr, Gentlemen, der er war, die Hand und half ihr aus dem Wagen. Aus dem Kofferraum nahm er den mitgebrachten Korb.

Püppie sprang begeistert um sie herum und beschnüffelte dann eingehend die Umgebung.

»Ich kann hier keinen Platz zum essen sehen. Keine Bänke und Tische. Ich glaube, das darf man hier nicht«, mutmaßte Klara.

Swenson wackelte mit den Augenbrauen. »Hier draußen niiicht«, meinte er gedehnt. »Du wirst schon sehen.«

Er reichte ihr seinen Arm.

Sie hakte sich unter und gemeinsam schritten sie die Treppen zum Castle hinauf. Als sie das zerfallene Tor durchschritten, verschlug es Klara den Atem. Sprachlos blieb sie unter dem Torbogen stehen und staunte.

Im Innenhof war eine mittelalterliche Halle aufgebaut, mit dem Himmel über ihnen, der das Castle als Dach überspannte. An den Seiten standen jeweils ein großer aus Feldsteinen gemauerter Kamin. In jedem brannte ein Feuer, auf den Rosten über den Flammen lagen allerlei Leckereien zum Grillen, die die Gäste mitgebracht hatten. Tische und Bänke standen auf dem kurzen Rasen. An den Wänden steckten Fackeln in den Halterungen. Sie spendeten später am Abend romantisches Licht. Arved sah sich suchend nach einem freien Platz um. Viele Menschen hatten wohl denselben Gedanken gehabt wie er. Neben einem Kamin in der Nähe einer Fensterluke entdeckte er einen Tisch für zwei.

»Nehmen wir halt den Katzentisch«, scherzte er. Rasch hatten sie ihre mitgebrachten Köstlichkeiten ausgepackt. Klara setzte sich auf das Kissen, das Swenson ihr fürsorglich auf die Bank gelegt hatte. Sogar an eine Kerze im Ständer hatte er gedacht.

Klara betrachtete hingerissen die Szenerie, die sich vor ihren Augen entfaltete. Sie fühlte sich ins Mittelalter zurückversetzt. Und sie war nach gerade froh darüber, dass sie sich so aufgebrezelt hatte.

Swenson reichte ihr den Teller mit den Canapés. Die Schnittchen waren mit den unterschiedlichsten leckeren Kleinigkeiten belegt.

»Hm ...« Klara schnalzte mir der Zunge.

»Möchtest du ein Glas Wein?« Swenson hob eine Flasche exquisiten Pinot blanc aus dem Korb. Klara reichte ihm ihr Glas. Sie ließ den Wein in ihrem Glas kreisen. Ein frischer spritziger Geruch nach Zitrusfrüchten stieg ihr in die Nase. Sie nippte, schloss die Augen und genoss das Aroma.

Als sie Lieder öffnete, schaute sie in Arveds lächelnde Miene.

»Ist irgendwas?« Sie wischte sich über das Gesicht und tupfte sich mit der Serviette über die Lippen.

Swenson langte über den Tisch und nahm ihre Hand in seine. Zärtlich strich er mit dem Daumen über ihren Handrücken.

»So zart«, sagte er versonnen.

Er hob sein Glas und prostet ihr zu.

»Ich muss dir ein Geständnis machen«, sagte er und schaute ihr in die Augen. Nie war ihm aufgefallen, wie grün sie leuchteten. Sie hat grüne Augen. Wie faszinierend, dachte er. Swenson nahm ihre andere Hand in seine. So festgehalten wurde es Klara unbehaglich zu Mute. Insgeheim fragte sie sich, was er ihr wohl beichten wollte. Nun sie würde es gleich erfahren.

»Erinnerst du dich an unseren ersten Tag?«

Ihre Miene verzog sich zu einem amüsierten Grinsen. »Und ob!« Sie nickte, ehe sie weitersprach. »Du wolltest mich sofort wieder hinauswerfen«, erinnerte sie sich. »Ich habe bisher nicht verstanden, wieso du deine Meinung so plötzlich geändert hast.«

»Das wollte ich dir gerade beichten. Ich habe den Auftrag, dich zu beschützen.«

»Du hast was?« Sie stockte einen Moment, zog die Stirn in Falten und musterte ihn. Gespannt beobachtete er ihre Miene. Er sah förmlich, wie der Groschen bei ihr fiel und ihr klar wurde, was er meinte.

»Jetzt verstehe ich.« Sie nickte wie ein Wackeldackel mit dem Kopf. »Der Anruf. Ich habe dich durchs Fenster beobachtet.«

»Richtig, der Anruf«, bestätigte Swenson. Seine Mundwinkel schnellten in die Höhe und er sagte: »Ich hätte dich auf keinen Fall auf die Straße gesetzt, auch ohne den Anruf nicht. Dazu hat mir der Gedanke, mich mit dir zu fetzen, viel zu sehr gefallen. Und dein ... Hintern.«

»Mein was?« Klara tat erschüttert, grinste teuflisch, ihre Augen blitzten.

»Tst, tst, tst. Arved ...« Sie drohte ihm mit dem Finger.

»Ich bin auch nur ein Mann!« Swenson spielte den reuigen Sünder so gekonnt und ohne jedes Schuldbewusstsein, dass sie sich vor Lachen an ihrem Wein verschluckte, die Lachtränen traten ihr in die Augen.

Swenson sprang auf, klopfte ihr auf den Rücken und Püppie, die bisher neben dem Kamin gedöst hatte, kam angesprungen, um zu sehen, was los war.

»Klara! Ich ...« Er stockte und strich sich über die Stirn, ehe er weitersprach. »Ich frage nicht gerne. Du kannst mir vertrauen«, setzte er hinzu. »Spritzt du dir Stoff?«

»Stoff?« Klara wusste nicht, was Swenson genau meinte, dann ging ihr ein Licht auf. »Meinst du Heroin? Du spinnst!« Sie tippte sich an die Schläfe und zischte. »Ich bin kein Junkie.« Sie erhob sich und stürmte aus dem Castle.

Swenson folgte ihr. Was hatte er sich bloß dabei gedacht, ihr auf den Kopf hin zu zusagen, sie wäre drogenabhängig.

Die Lippen fest zusammengepresst stieg sie ins Auto.

»Klara, willst du mir nicht sagen, was los ist?«

»Nichts ist los«, fauchte sie ihn an. »Oh, da fällt mir ein«, sagte sie sarkastisch. »Ich vergaß zu erwähnen, dass ich Diabetikerin bin. Danke für dein Vertrauen.«

Sie wandte sich ab und starrte während der Rückfahrt stur aus dem Fenster.

Wenig später fuhren sie am Cottage vor. Ohne ihn eines Blickes zu würdigen, schritt Klara zur Haustür. Sie holte unter dem Blumentopf neben dem Eingang den Schlüssel hervor und als sie ihn ins Schloss steckte, bemerkte sie, dass nicht abgeschlossen war.

»Hatten wir nicht abgeschlossen?«

»Doch«, antwortete Swenson hinter ihr. Zusammen betraten sie das Haus. Ohne sich weiter um ihn zu kümmern, stürmte Klara die Treppen nach oben. Sie betrat ihr Zimmer und blieb wie festgenagelt im Türrahmen stehen.

9. Kapitel

»Arved, Arved«, kreischte sie. Arved, der dabei war, in der Küche den Korb auszuräumen, ließ alles fallen und rannte nach oben.

»Was ist hier passiert?«

»Das frage ich dich«, schnappte Klara. »Ich bin das nicht gewesen!« Mit einer Hand umkreise sie das Chaos, welches sich ihnen bot.

Auf Zehenspitzen stieg sie über all die auf dem Fußboden verstreut liegenden Sachen hinweg. Sie bückte sich und hob ihr Saxophon auf. Ihr traten die Tränen in die Augen.

»Sieh dir das an.« Sie hielt ihm ein verbeultes Stück Blech, das einmal ihr Saxophon gewesen war, vors Gesicht. Die Tränen liefen ihr nun ungehemmt aus den Augen und die Wangen herunter.

»Das war mal ein wunderschönes Instrument. Alt, aber mit einem superweichen Klang«, schluchzte sie.

»Ich weiß«, stimmte Swenson ihr zu. Er trat hinter sie, legte seine Hände auf ihre Schultern und lehnte sie an sich. »Komm, wir müssen die Polizei benachrichtigen. Offensichtlich ist jemand eingebrochen. Lass alles so liegen, sonst werden etwaige Spuren verwischt.«

»Wieso Polizei? Du bist doch schon da«, fauchte sie und stolperte aus dem Raum.

Swenson seufzte und hockte sich hin, um das Zimmer aus dieser Perspektive unter die Lupe zu nehmen. Mit einem Stift hob er vorsichtig die auf dem Boden übereinander liegenden Sachen an, um zu sehen, ob sich ein Hinweis ergab, wonach der oder die Einbrecher gesucht hatten. Zu seinem Leidwesen konnte er nichts Auffälliges entdecken. Aber das war ihm schon von Anfang an klar. Wer auch immer sich Zugang verschafft hatte, war ein Profi, darauf spezialisiert, keine Spuren zu hinterlassen. Hier in ihrem Zimmer war er durch. Jetzt würde er sich die anderen Räume anschauen und dann unten noch die Haustür näher betrachten. Eventuell waren da noch Spuren vom gewaltsamen Eindringen zu finden. Wenn er Glück hatte, war der Eindringling unachtsam gewesen und er fand noch irgendeine Spur. Daran glaubte er jedoch nicht.

Als er sich das Schloss näher anguckte, fiel ihm nichts, absolut nichts, auf. Zumal wahrscheinlich der unter dem Blumentopf verborgene Schlüssel benutzt worden war.

»Das mit deinem Selmer tut mir leid«, sagte er, als er die Küche betrat.

»Mir auch.« Klara schnäuzte sich. Sie schluckte, wendete den Haufen Blech zwischen ihren Findern herum.

»Ich werde versuchen, es reparieren zu lassen. Dafür muss ich nach Deutschland zurück. Ich gehe packen.« Sie erhob sich und ließ einen verblüfften Swenson in der Küche stehen.

Es dauerte eine Weile, bis ihre Botschaft in seinem Hirn angekommen war.

Als er endlich begriffen hatte, dass sie hochgegangen war, um ihre Habseligkeiten einzupacken, folgte er ihr auf dem Fuße. Er klopfte ans offenstehende Türblatt. Sie reagierte nicht.

»Darf ich eintreten?«, fragte er. Sie schüttelte den Kopf und stopfte unverdrossen ihre Kleider und Schuhe in ihren Trolley. Er war im Türrahmen stehengeblieben.

Nein!, dachte er. Das durfte er nicht zulassen. Sie würde sich in Gefahr begeben. Außerdem ... Wie sollte er ihr Vertrauen gewinnen, wenn sie flüchtete. Er versperrte mit seinem Körper den Weg. Das Gesicht verkniffen rempelte sie ihn rücksichtslos an, als sie sich an ihm vorbeiquetschte, um aus dem Bad ihre Kosmetikartikel zu holen.

Sie warf die Kulturtasche oben auf den unordentlichen Berg in ihrem Trolley.

Mit vor der Brust verschränkten Armen und einem Grinsen im Gesicht sah er zu, wie sie sich damit abmühte, den Deckel ihres Koffers zu schließen.

Sie schnaufte und ihr Gesicht nahm langsam die Farbe einer Tomate an. Schließlich hatte sie genug. Sie stampfte mit dem Fuß auf und fluchte. »So ein verdammter Scheiß, ich kriege dieses Ding nicht zu.«

Trotz seines Ärgers darüber, dass sie die Flucht ergriff und er ums Verrecken keinen Einfall hatte, wie er sie aufhalten könnte, mühte er sich ab, sich das Lachen zu verkneifen.

Das Gesicht grimmig verknautscht, wandte sie sich zur Tür und platzte heraus: »Was ist?! Hilfst du mir oder stehst du wie ein Götze nur da und guckst zu?«

»Nein, ich helfe nicht. Wenn du verschwindest, dann musst du das schon allein hinkriegen.« Er wandte sich um, ging nach unten und rief: »Püppie!«

Die saß bei Klara auf dem Bett und beäugte, was um sie herum geschah. Als sie ihren Namen hörte, äugte sie zwischen Klara und Swenson hin und her. Sie warf sich auf die Seite und jaulte leise.

Klara unterbrach ihr Bemühen, den Koffer zu schließen, und wandte sich dem Hund zu. Sie streichelte dem Tier das flauschige Fell und flüsterte: »Geh, dein Herrchen hat gerufen. Sei artig und folge ihm.«

Püppie musterte Klara mit ihren seelenvollen Augen, schnaufte und rührte sich nicht vom Fleck. Selbst als Swenson mit mehr Schärfe in der Stimme ihren Namen rief. Sie weigerte sich, ihm zu gehorchen.

Swenson gab auf. Er stapfte die Stufen herauf, ging zu Klara und schob sie zur Seite.

Mit wenigen Handgriffen ordnete er die Sachen im Koffer, schob die Schuhe nach unten und klappte den Deckel zu. Die Verschlüsse schnappten ein. Er hob den Trolley vom Bett und trug ihn hinaus.

Am Treppenabsatz blieb er stehen. »Was ist?«, rief er nach oben. »Kommt ihr jetzt?«

Püppie rappelte sich auf und hüpfte vom Bett. Wie ein Wirbelwind flitzte sie hinter Swenson her.

Klara nutzt den Moment der Ruhe, um sich zu verabschieden. Noch einmal warf sie einen Blick aus dem Fenster. Schade, bedauerte sie. Auf den Hügel gegenüber habe ich es nicht geschafft. Sie seufzte und verließ das Zimmer.

Ihr Koffer stand vor der Haustür. Von Swenson und Püppie war nichts zu sehen. Sie nahm ihren ganzen Mut zusammen und schaute in die Küche. Nichts, niemand war da. Aber weit weg konnten die beiden nicht sein, denn auf dem Herd stand ein Topf. Sie hob den Deckel, spähte hinein. Leise simmerten Eier im Wasser.

Nun gut, offensichtlich wollten sie sich nicht von ihr verabschieden. Sie aber hatte nicht vor, genauso unhöflich zu sein. Also rief sie laut: »Swenson, Püppie, macht's gut. Tschüss.«

Swenson und Püppie warteten im Wohnzimmer. Püppie jaulte herzzerreißend. Swenson hatte Mühe, sie daran zu hindern, hinter Klara herzulaufen.

Als die Tür ins Schloss gefallen war, beugte er sich ihr, nahm ihren Kopf in seine großen Hände. »Was haben wir falsch gemacht? Wir wollen sie doch hierbehalten. Los, lass dir was einfallen, egal was, nur schnell muss es gehen.«

Püppie schüttelte seine Hände ab und trabte mit dem Schwanz wedelnd in den Flur. Sie stellte sich auf die Hinterbeine, drückte mit der Pfote auf die Klinke. Das Hundemädchen schob seine Schnauze in den Spalt und war im nächsten Augenblick auch schon draußen auf dem Hof. Sie bellte und sprang wie eine Wilde um Klaras Auto herum. Klara saß in ihrem Wagen. Sie hatte ihren Kopf auf das Lenkrad gelegt. Als er näher trat, sah er, dass ihre Schultern zuckten.

Swenson klopfte ans Fenster und drehte seine Hand. Klara hob den Kopf und starrte ihn mit von tränenverschmierten Augen an. Dann begriff sie. Doch anstatt nur das Fenster zu öffnen, stieg sie aus.

Voller Überschwang sprang Püppie an ihr hoch. Automatisch kraulte sie sie hinter den Ohren.

Swenson trat einen Schritt zurück, um ihr Raum zu geben. Keinesfalls wollte er bei ihr den Eindruck erwecken, er wolle sie bedrängen. Deshalb fasste er Püppie beim Halsband und zog sie von ihr zurück. Der Hund gehorchte widerwillig, ließ sich auf seinen Schuhen nieder und schaute ihn von unten herauf an.

»Klara ...« Swenson legte so viel Nachdruck, wie er vermochte, in seine Stimme, als er sie zu bleiben bat.

Klara stand vor ihm und guckte ihn aus großen verheulten Augen an. Sie schluckte: »Wie kannst du wollen, dass ich bleibe? Du vertraust mir ja noch nicht einmal. Im Gegenteil, du hast die ganze Zeit gewusst, wer ich bin, und du hattest eine Aufgabe. Stattdessen bezichtigst du mich, ein Junkie zu sein, nur weil ich mich dir nicht gleich auf einem Präsentierteller angeboten habe.«

»Das habe ich nicht erwartet«, widersprach er sofort und er setzte hinzu: »Ich konnte mir keinen Reim auf die Nadeln machen. Ich wusste nicht, dass heute noch Pens von Diabetikern benutzt werden. Ich dachte, ihr habt alle diese Pumpen.«

Die Brauen hochgezogen und auf ihrer Unterlippe kauend musterte sie ihn. »Was meinst du, meine Süße?«, wandte sie sich an den Hund. »Soll ich es mir noch mal überlegen?«

Püppies Schwanzspitze rotierte wie ein Kreisel. Klara nickte, stolperte zum Auto und wuchtete ihr Gepäck aus dem Kofferraum.

Mit einem Schritt war Swenson neben ihr, hob den Trolley heraus und war mit zwei Sätzen damit im Haus verschwunden. Ihr zerknautschtes Saxophon unter den Arm geklemmt folgte sie ihm nachdenklich.

»Was hältst du von einem Glas Wein?«, rief er Klara zu, die im Zimmer ihren Koffer auspackte.

»Gute Idee«, schallte es von oben zurück.

Klara hatte die Füße auf den Stuhl gelegt und spielte mit ihrem Glas. Der Wein schimmerte golden im Licht der Kerze, die ihren matten Schein in der Küche verbreitete.

Auf dem Herd brutzelte in einer Pfanne Brot. Swenson schwang den Pfannenwender und verteilte die armen Ritter.

»Ich liebe geröstetes Brot«, erklärte er und reichte ihr einen Teller.

»Hm, lecker«, schnalzte Klara mit der Zunge. Herzhaft biss sie in die knusprige Scheibe. Fett tropfte an ihrem Mundwinkel herunter.

Swenson reichte ihr eine Serviette und lächelte. »Vorsicht, heiß und fettig. Ich bin froh, dass du dich entschlossen hast hierzubleiben«, sagte er. Sein Glas erhoben prostete er ihr zu.

Klara war nicht bereit, ihm den Triumph zu überlassen, also murmelte sie: »Das werden wir sehen.«

Ein Bein über das andere gelegt lehnte sich Swenson entspannt auf dem Stuhl zurück, verschränkte die Arme vor der Brust und sah ihr mit einem schelmischen Grinsen beim Essen zu.

Er räusperte sich und erzählte im Plauderton: »Ich bin Ermittler bei einem privaten Konsortium, das sich hauptsächlich mit der Verfolgung von Kunstdiebstählen beschäftigt. Gelegentlich kümmern wir uns auch um Aufträge, die von privaten Personen an uns herangetragen werden. Da ist unser Ermittlungsspielraum deutlich weiter gefasst, als er bei den örtlichen Behörden möglich ist.«

»Wenn ich das richtig verstanden habe, bist du Privatdetektiv«, fasste Klara zusammen.

Swenson wiegte den Kopf hin und her. »Ja und Nein. Wir arbeiten schon eng mit den Staatsanwaltschaften und der Polizei zusammen, aber wir haben mehr Handlungsspielraum. Und im Zweifelsfall, wenn es hart auf hart kommt, haben die Instanzen nichts davon gewusst.«

»Wie praktisch«, lästerte Klara.

»In deinem Fall ist es anders. Du bist eine Freundin von Zac.«

»Wie mans nimmt. Ich habe ihn nur einmal bei Hebes Taufe getroffen. Wir beide sind ihre Paten.«

»Sag ich doch. Du bist eine Freundin.«

Er rieb sich über den Nasenrücken und zog die Stirn kraus. »Dein Sax ... Willst du das gleich reparieren lassen oder hat das eine Weile Zeit?«

»Ich wollte es sofort zu einem Instrumentenbauer geben und schauen, ob es noch zu retten ist.«

»Ich würde es mir für eine Weile ausleihen, um es in unsere Forensik nach London zu schicken«, erklärte er. »Eventuell finden die dort noch die eine oder andere Spur.«

»Bist du dir sicher?«, fragte Klara und die Skepsis stand ihr ins Gesicht geschrieben.

»Es ist einen Versuch wert.«

»Okay«, stimmte sie zu.

»Gut.«

Swenson erhob sich. »Machen wir für heute Schluss. Morgen wird ein langer Tag. Wir fahren nach London.« Schmunzelnd sah er sie an und sagte: »Du kannst schon mal packen.«

***

Im Polizeipräsidium, in seinem Büro, saß Kommissar Seibt und brütete vor sich hin. Seit Tagen grübelten er und seine Mitarbeiter darüber nach, wie die zwei Mordfälle, die sie bearbeiteten, zusammenhingen. Er trat an das Whiteboard und zeichnete zwischen den dort angepinnten Fotos einen Pfeil mit zwei Spitzen.

Walter Graf war vor einigen Tagen mit aufgeschlitztem Hals tot in seinen eigenen vier Wänden vom Hausmeister der Wohnungsgesellschaft aufgefunden worden. Mieter hatten sich über den Gestank, der aus der Wohnung drang, beschwert. Als die Beamten eintrafen, bot sich ihnen ein Bild der Verwüstung. Nicht nur, dass sämtliche Schränke und Schubfächer aufgerissen waren und ihr Inhalt verstreut herumlag, nein, es war auch alles mit Blut verschmiert. Er war sich ziemlich sicher, dass ein Kampf stattgefunden hatte, den Walter Graf letztendlich verlor. Die Mitarbeiter der Forensik hatten sehr rasch den Urheber des Gemetzels ermittelt. Bruno Mayer.

Soweit war die Sache klar. Nur Bruno hatte schon vor Tagen zwangsweise das Zeitliche gesegnet. Und Seibt saß nun vor einer Wand und überlegte, wie zum Teufel die beiden Morde zusammenhingen, denn dass das der Fall war, davon war er überzeugt.

In den Akten hatte er gelesen, dass beide Opfer sich aus der JVA kannten. Sie waren Zellengenossen gewesen und Koschwiz vervollständigte dort das Trio.

Doch der hatte, wie sich bei seiner Befragung herausstellte, ein wasserdichtes Alibi. Er hatte sich im örtlichen Puff vergnügt. Und die Dame, die er beglückte, bestätigte seine Aussage.

Trotzdem wurde Seibt das ungute Gefühl, etwas Entscheidendes übersehen zu haben, nicht los.

10. Kapitel

Klara hielt sich die Hand vor den Mund, um dahinter ein prustendes Lachen zu verbergen, als Swenson in die Gegensprechanlage »ein Männlein steht im Walde« brummte. Sie äugte am Haus empor und grinste in die auf den Hauseingang gerichtete Überwachungskamera.

»Lass den Quatsch«, ermahnte er sie und schob sie in den Hauseingang, nachdem der Summer die Tür geöffnet hatte.

Püppie, die die zwei begleiten durfte, klemmte den Schwanz ein und drückte sich eng an Swensons Beine. Ihr waren die vielen unterschiedlichen Gerüche nicht geheuer.

Swenson zückte seinen Ausweis und legte ihn auf den Empfangstresen.

»Wie schön, Mr. Swenson, Sie wiederzusehen. Darf ich erfahren, wer Ihre Begleiter sind?« Die Empfangsdame beugte über den Schalter und lächelte hinunter zu Püppie.

»Ach ja, ich vergaß. Ich bringe zwei Gäste mit. Wir wollen ins Labor. Ist Maya da?«

»Ich melde Sie an und Maya hat frei, aber Dr. Gustavo ist im Hause.«

»Danke.« Swenson nickte, nahm Klaras Hand und schritt mit ihr und Püppie zum Lift.

»Nicht so schnell, Arved! Ich komme kaum nach.« Sie stoppe ihren Lauf. Swenson blieb stehen und taxierte Klara. Die hob ihren Fuß, drehte ihn im Gelenk und fluchte.

Sie zeigte ihm ihre Absätze. »In diesen Dingern kann ich nicht so rennen und es ist verdammt glatt hier.«

»Wir sind gleich da.« Er reichte ihr seinen Arm und führte sie den Flur entlang zu einer Tür am Ende des Ganges. Auf dem Schild stand ›Labor‹. Neben dem Eingang befand sich eine Klingel. Swenson drückte den Knopf. Bald darauf waren Schritte zu vernehmen. Die Tür wurde aufgestoßen, vor ihnen stand ein Nerd. Nerd war das Erste, was Klara als Beschreibung des Mannes im Eingang vor ihnen einfiel. Schwarze Brille auf der Nase, nach hinten gegelte Haare und ein klassischer Rauten Pullunder. Klara grübelte. Wo hatte sie schon einmal solche Aufmachung gesehen?

»Sie wünschen?« Seine Stimme klang piepsig.

Arved holte seinen Ausweis ein weiteres Mal hervor, hielt ihn dem Mann vor die Nase.

»Zu Dr. Gustavo bitte«, sagte er knapp.

»Ich bin Gustavo«, erwiderte er und reckte sich in seiner gesamten Kleinheit in die Höhe. »Sie wünschen?«

Swenson zeigte ihm das Paket mit dem Sellmer. Der Doktor schaute drauf: »Folgen Sie mir. Aber der Hund bleibt draußen.« Swenson verharrte in seinem Lauf. »Das geht nicht.«

»Wir warten.« Klara nahm die Hündin am Geschirr und trat zur Seite.

Dr. Gustavo und Swenson verschwanden hinter der Sicherheitstür.

Klara wandte sich der Fensterfront zu. Von hier aus konnte sie das Stadtzentrum Londons überblicken. Unter ihr der Piccadilly Circus, Fußgänger und Autos in der Rushhour. Sie betrachtete die ständig wechselnde Reklame am berühmten Dreieckshaus. Sie beobachtete, wie die Touristen sich rund um den in der Mitte platzierten Memorial Brunnen fotografierten. Sie war schon öfter in London gewesen, aber erst so hoch oben war sie in der Lage, das Gewimmel unter sich zu genießen. Sie ließ ihren Blick weiter schweifen und sah in der Ferne das Golden Eye, das neueste Wahrzeichen Londons. Noch nie hatte sie in diesem Riesenrad gesessen und die Metropole von oben betrachtet. Genau jetzt nahm sie sich vor, dies nachzuholen.

Sie wurde aus ihren Gedanken gerissen, als Swenson hinter sie trat.

»Alles erledigt«, meinte er und sprach weiter: »Wir sollten bald Näheres erfahren. Gustavo hat versprochen, sich gleich an die Arbeit zu machen, und er ruft an, wenn er Ergebnisse hat.« Swenson hatte seine Hände auf ihre Schultern gelegt und blickte mit ihr zusammen aus dem Fenster. Er sah auf seine Uhr.

»Wir haben noch Zeit. Was meinst du«, er zeigte hinunter auf den Platz, »wollen wir uns ins Getümmel stürzen, etwas essen und ich zeige dir einen meiner Lieblingsorte hier?«

Klara nickte. Er nahm ihr Püppies Leine ab und reichte ihr seinen Arm.

Sie spazierten durch die City, auf dem Borough Market nahmen sie ein verspätetes Lunch ein. Später drehten sie eine Runde durch den Hyde-Park und wie immer gab es einen Menschenauflauf am Speakers Corner.

Langsam zogen die ersten Nebelschwaden von der Themse in die Stadt hinein und die ersten Sterne funkelten am nachtschwarzen Himmel. Swenson stieg mit Klara einen Hügel hinauf.

Zwischen zwei Nadelbäumen blieb er stehen. »Hier ist mein Lieblingsplatz«, sagte er und stellte sich hinter sie. »Wir sind im St. James's Park.«

»Die ganze Stadt liegt dir zu Füßen und das Schönste ist, es ist einer der königlichen Parks. Hierher kommen nur die Londoner und ein paar Touris, die ihren Reiseführer aufmerksam gelesen haben.«

Klara verschlug es die Sprache, als sie das sich zu ihren Füßen ausbreitende Lichtermeer bestaunte. Ein leiser Wind brachte Kühle mit sich. Sie fröstelte und rieb sich über ihre nackten Arme. Swenson zog Klara näher an sich heran. Sachte, fast schon zärtlich strich er über ihre Arme. Klara spürte, wie sie sich nach seiner Wärme sehnte. Sie lehnte an ihm und genoss seine sie einhüllende Hitze.

Swenson versuchte, ruhig weiterzuatmen, obwohl ihm das nicht leichtfiel. Ihre Nähe nahm ihm die Luft. Zärtlich streichelte er ihre Halslinie entlang.

111

Sie neigte ihren Kopf und schloss die Augen, gab sich seiner Berührung hin.

Püppie drängte sich zwischen sie und jaulte leise. Klara und Swenson tauchten aus ihrer Trance auf. Was war gerade mit ihnen passiert? Ein kleiner Moment der Leere blieb zwischen beiden in der Luft hängen.

Swenson räusperte sich und krächzte: »Wir sollten gehen. Die Tore werden bald geschlossen.« Er nahm ihre Hand in seine und sie gingen durch die Einfahrt zurück hinunter in die Stadt zum Gästehaus der PCSR.

»Treffen wir uns nachher zum Dinner auf der Terrasse?«, fragte Swenson und reichte ihr die Schlüsselkarte zu ihrem Zimmer.

»Gerne.« Sie nickte ihm zu und betrat ihre Räume. Erstaunt blieb sie am Eingang stehen und stieß einen Pfiff aus. Solchen Luxus, wie er sich vor ihren Augen entfaltete, hatte sie nie erwartet. Ihr war schon, als sie das Haus betraten, bewusst geworden, dass sie nicht in einer billigen Herberge nächtigten, aber das hier war Luxus pur.

Mit Seidenchintz überzogene Sessel und Couches. Hinter einer halben Wand stand ein mit seidener Bettwäsche bezogenes Bett. Sie steckte den Kopf durch die mit Tapete verkleidete Tür. Sie vermutete dahinter das Bad und sie hatte sich nicht geirrt.

Sie beschloss, sich ein ausgiebiges Bad zu gönnen. Mit einem genussvollen Stöhnen ließ sie sich in das nach Rosen duftende Wasser sinken.

Auf dem Wannenrand stand eine Schale mit den verschiedensten Kosmetikartikeln. Sie nahm das Haarshampoo, schnupperte daran, Rosenduft stieg ihr in die Nase. Sie begriff, dass sämtliche Artikel auf das Badeöl abgestimmt waren. In ihrem Fall war es Rose.

***

Zahltag, dachte Schunke. Heute Morgen hatte seine Frau zu ihm gesagt: »Liebling, ich denke, wir werden unsere Karin entlassen. Sie hat schon wieder eine Rechnung verschlampt. Oder wie kannst du dir das Defizit in der Kasse erklären?«

Er hatte erstaunt getan. »Von welchem fehlenden Geld sprichst du?«

Die Arme in die Hüften gestemmt baute sie sich vor ihm auf und meckerte: »Falls du's bisher nicht wusstest, sage ich es dir jetzt. Ich zähle jeden Auftrag mit, auch die Schwarzen.«

Ihm wurde heiß und kalt zugleich nach dieser Ansage. Er hatte nicht mit der Aufmerksamkeit und dem Geiz seiner Frau gerechnet. Dass er Geld am Finanzamt vorbeischleuste, mochte noch angehen, damit konnte sie leben, aber dass er Geld an ihr vorbei navigierte – das ging gar nicht.

In Schunkes Kopf ratterten die Rädchen. Ihm musste schnell eine Idee kommen, wie er die Situation entschärfte, ohne dabei seine Buchhalterin zu verlieren. Denn wie er seine Gattin kannte, machte sie Nägel mit Köpfen.

Das Frühstück lag ihm immer noch schwer im Magen und gleich würde Koschwiz mit seinem protzigen Gefährt auftauchen. Für dieses Mal hatte er genug grüne Scheine beiseitegeschafft. Wie er das nächsten Monat bewerkstelligen würde, blieb ihm bisher ein Rätsel. Zumal Koschwiz von Mal zu Mal gieriger wurde und stetig mehr verlangte.

Vielleicht sollte er auf seine Reputation pfeifen und zur Polizei gehen.

Reputation. Er wusste nicht genau, was das genau bedeutete, es war aber, wie seine Frau stets erklärte, wichtig fürs Geschäft.

Malermeister Schunke schlenderte, die Hände in den Hosentaschen versenkt und einen imaginären Stein vor sich her kickend, über den Hof. Er wollte den Eindruck erwecken, alles wäre okay. Zumal er hinten bei den Farben noch Stimmen vernahm.

»Na, noch kein Feierabend heute?«, sprach er die zwei Maler an. Der ältere der beiden schob seine Mütze in den Nacken und meinte: »N'abend Chef, ich zeige dem Stift nur noch, wie die Farbe gemischt wird. Morgen geht's raus auf den Bau.«

»Schon gut«, winke er ab und ging. Am Tor drehte er sich um und rief: »Schließt ordentlich ab.«

Er betrat sein Büro, um auf Koschwiz zu warten, und ihn traf der Schlag. Im Sessel hinter dem Schreibtisch saß, die Beine elegant übereinandergeschlagen, seine Angetraute.

»Was machst du denn hier?«

»Ich wollte dich abholen«, flötete sie zuckersüß.

Und als wäre das sein Stichwort gewesen, rauschte Koschwiz auf das Betriebsgelände.

Er erbleichte. Sein Blick pendelte zwischen dem Fenster zum Hof und seiner Frau.

Elegant schälte sie sich aus dem Sessel und trat neben ihn. Die Hand auf seine Schulter gelegt beugte sie sich näher an die Scheibe vor.

»Wer ist das? Ein Kunde? Wieso kommt er nach Geschäftsschluss?«

»Ich habe keine Ahnung«, log er und stürmte nach draußen. Koschwiz hatte wie immer seine Lieblingspose – Füße überkreuz, lässig ans Auto gelehnt – eingenommen.

»Ist das die liebe Gattin?«, schnurrte er, als Schunke bei ihm ankam.

»Das geht dich nichts an«, zischte er.

Koschwiz legte den Finger an seine Nase und drohte: »Interessant. Ich sollte mich an deine Alte wenden, wenn du nicht pünktlich zahlst. Ich bin mir sicher, bei ihr träfe ich auf offene Ohren. Habe ich recht?« Er klopfte ihm fast freundschaftlich auf den Rücken und forderte: »Los, gib mir mein Geld.«

Schunke griff in seine innere Jackett-Tasche, zog das Kuvert hervor und knallte es in Koschwiz ausgestreckte Krallen. »Komm in Zukunft zu einer anderen Zeit«, schlug er vor. »Oder besser, bleib gänzlich weg. Ich komme zu dir.«

Koschwiz pustete die Backen auf und lachte hämisch: »Willst deine Alte da raushalten, was?«, gluckste er. »Mir soll's recht sein, dann eben im Bienenhaus. Jeden vierten Mittwoch.« Koschwiz stieg in sein Auto. Ehe er losfuhr, steckte er seinen Kopf aus dem Fenster. »Ist eventuell keine schlechte Idee. So denkt deine Schnecke, du bringst das Geld mit anderen Weibern durch.« Koschwiz kicherte, trat das Gaspedal so heftig durch, dass der Wagen einen Satz nach vorn machte, und davon schoß.

Erschrocken wandte er den Blick zum Büro, wo seine Frau noch immer mit vor der Brust verschränkten Armen stand und ihn nicht aus den Augen ließ.

***

Klara dümpelte in ihrem Bett vor sich hin. Seit Tagen warteten sie auf das Ergebnis aus dem forensischen Labor. Arveds Bild tauchte vor ihrem inneren Auge auf. Sie streckte sich in ihren Kissen wohlig aus. Ja, er war der größte Hecht im Teich. Sie fühlte sich in seiner Nähe wohl, irgendwie beschützt. Seit er wusste, dass sie an Diabetes litt, achtete er streng darauf, sie regelmäßig mit Essen zu versorgen und dass sie die Gelegenheit bekam, ungestört ihren Zuckerstatus zu überprüfen.

Sie dachte an sein Lächeln, wenn er sie ansah und glaubte, sie bemerke es nicht. Seine selbstverständliche Fürsorge, ihr und natürlich Püppie gegenüber, rührte sie. Sie hatte ihn und das Hundemädchen ins Herz geschlossen. Trotzdem machte sie sich Gedanken, wie es mit ihnen weitergehen sollte. Irgendwann, so hoffte sie, würde die Bedrohung, unter der sie stand, vorbei sein.

Das Zimmertelefon neben ihrem Bett klingelte. Sie nahm den Hörer. »Ja«, meldete sie sich.

»Du bist tot«, näselte eine männliche Stimme in den Hörer.

Klara warf den Hörer auf die Gabel und sprang aus dem Bett. Sie rannte über den Flur und trommelte mit ihren Fäusten an Swensons Tür. Nicht minder verschreckt öffnete er und sah sich der in ein Betttuch eingehüllten Klara gegenüber. Ohne ein Wort drängelte sie sich an ihm vorbei in sein Zimmer, wo sie sich am ganzen Leib zitternd auf die Couch fallen ließ.

Atemlos stotterte sie: »Er hat angerufen und ‹Du bist Tod› genuschelt.« Sie sah ihn mit riesigen angstvollen Augen an. »Arved, wie kann das sein? Ich dachte, hier wäre ich sicher.«

Swenson setzte sich neben sie aufs Sofa und nahm sie wortlos in seine Arme. Er streichelte ihr über den Rücken und flüsterte: »Ich habe niemanden bemerkt, der uns gefolgt ist. Es ist meine Schuld, ich hätte besser aufpassen müssen. Das geschieht nicht wieder, das verspreche ich.« Seine Finger fuhren an ihrem Hals entlang. Er spürte am Pulsieren der Schlagader, wie heftig ihr Herz schlug. »Beruhige dich«, murmelte er. »Du bist hier in Sicherheit.«

Klaras Atem wurde tiefer, ein Zeichen für ihn, dass sie wieder runter kam.

Mit Schrecken bemerkte sie, dass sie fast nackt neben ihm saß. »Oh.« Sie linste an sich herunter. »Ich glaube, ich sollte gehen.« Sie sprang auf.

»Frühstück in einer halben Stunde, unten im Frühstückszimmer«, rief Arved der davoneilenden Klara nach.

Swenson atmete erleichtert auf, als die Tür hinter ihr ins Schloss fiel. Es hatte seine gesamte Willenskraft gebraucht, sie nicht zu umarmen und zu küssen. Ihre Lippen, so nahe den seinen. Und ihr Duft. Sie verströmte den Geruch von Rosen, schwer und blumig. Es erinnerte ihn an seine Großmutter, sie hatte auch stets nach Rosen geduftet. Rosenöl wurde wohl früher sehr oft benutzt. Er hatte seine Großmutter geliebt, also mochte er auch ihren Geruch.

Klara, dachte er und lächelte. Ihr Name klang wie eine Melodie in seinen Ohren.

»Pünktlich, wie die Maurer«, lästerte Klara, als Swenson sich zu ihr an den Tisch setzte.

»Gustavo hat sich gemeldet. Das Ergebnis steht fest.« Er rieb sich die Hände. »Und es gibt eine Spur. Das ist der gute Teil, der nicht so gute ...«, setzte er hinzu. »Wir müssen zurück nach Deutschland.« Er rieb sich über den Nasenrücken. »Es wird schwieriger, dich zu schützen.«

Klara nickte und biss in ihr Brötchen. Zwischen zwei Bissen nuschelte sie: »Prima. Ich bin es leid, herumzusitzen und nicht zu wissen, wie es weiterläuft.«

11. Kapitel

Nachdem sie in London in der forensischen Abteilung Klaras zerbeultes Saxophon abgeholt und erfahren hatten, dass die Wissenschaftler zwar einen Teilabdruck eines Daumens fanden, der leider nicht in ihrer Datenbank gespeichert war, begaben sie sich nach Harwich zur Fähre, um nach Deutschland zurückzukehren.

»Hier also wohnst du.« Swenson schaute an dem Block empor.

»Kann ja nicht jeder in einer hochherrschaftlichen Villa hausen«, nuschelte Klara.

»So meinte ich das nicht«, verteidigte er sich. »Ich dachte eher an ein älteres Haus in der Stadtmitte. Aber das du in einem Schlafgetto wohnst, darauf wäre ich nie gekommen. Wie nennt dieser Stadtteil sich?«

»Lütten-Klein.«

Swenson lachte. »Komischer Name.«

»Na und?« Klara zog ihren Schlüssel aus der Tasche und öffnete die Eingangstür und sie gingen durchs Haus bis zu ihrer Wohnung. Die gegenüberliegende Wohnungstür wurde aufgerissen.

»Ach, Frau Martinek, Sie sind ja wieder da?«

Klara wandte den Kopf. Hinter ihr stand ihre Nachbarin von gegenüber und beäugte sie und Swenson.

»Hatten Sie und der junge Mann«, sie machte eine bedeutungsschwere Pause und musterte Arved von oben bis unten, ehe sie weitersprach, »einen schönen Urlaub?«

Klara verdrehte die Augen. Sie mochte ihre überaus aufmerksame Nachbarin, der nichts, aber auch gar nichts, was im Haus geschah, entging, nicht sonderlich.

Sie zwang sich eine freundliche Mine ins Gesicht und erwiderte so überschwänglich, wie es ihr möglich war: »Sehr schön, besser als ich es erwartet hätte. Sie müssen da unbedingt auch mal hinfahren. Kann ich nur empfehlen.« Dabei nickte sie wie der Wackeldackel aus dem Auto mit dem Kopf.

»Ach nein, ich alte Frau doch nicht.« Geschmeichelt legte sie sich die Hände auf die Herzgegend und beugte sich über das Treppengeländer und spähte hinunter. Eine Hand neben ihren Mund gelegt wisperte sie: »Haben Sie schon gehört? Der Graf ist tot.« Sie schaute sich misstrauisch um und flüsterte so laut weiter, dass es durchs gesamte Treppenhaus schallte: »Ermordet. Die Polizei war hier.« Sie verdrehte die Augen in Richtung Decke und schnatterte weiter: »Die Polizei hat oben alles mit diesem Band abgesperrt. Und auf der Tür klebt ein Kuckuck.«

»Sie meinen ein Amtssiegel«, verbesserte Klara freundlich. Sie wusste, dass Swenson Deutsch sprach, aber solche Feinheiten wie ›Kuckuck‹ nicht kannte.

Sie blickte zu Swenson, der scheinbar desinteressiert neben ihr stand, aber stattdessen genau zugehörte.

Klara hatte genug erfahren. Schnell beendete sie das Gespräch mit der Klatschtante des Hauses.

»Ich brauche auf den Schreck erstmal einen Kaffee. Auch einen?«, fragte sie und setzte die Kaffeemaschine in Gang.

Swenson inspizierte ungeniert ihre Wohnung.

»Ja, bitte«, schallte es ihr aus ihrem Wohnzimmer entgegen. Als er die Küche betrat, stellte Klara die Becher auf den Tisch.

Sie deutete auf einer der Stühle. »Setz dich.« Sie schob ihm den Kaffee hin.

Swenson nahm einen Schluck, kniff die Augen zusammen und stöhnte genießerisch auf. Püppie hob den Kopf und ließ ihn wieder sinken. Sie hatte ihren Platz auf Klaras Couch gefunden und sich gemütlich ausgestreckt.

»Warum klebt ihr Vögel an Türen?« Swenson grinste.

Klara lachte. »Früher wurden Pfandsiegel im Volksmund Kuckuck genannt.«

»Kanntest du diesen Herrn Graf?«

»Nicht sehr gut, er war ein netter alter Herr. Ich habe ihm manchmal ein paar Illustrierte mitgebracht.« Nachdenklich setzte sie hinzu: »Ich habe ihm eine Karte aus Schottland geschrieben.«

Swenson wurde hellhörig. »Mit der Adresse vom Ferienhaus?«, fragte er nach.

Klara zog die Stirn in Falten. »Ich bin mir nicht sicher«, zweifelte sie.

»Das müssen wir überprüfen. Heute Nacht brechen wir ein.«

121

»In Grafs Wohnung?« Klara war sich nicht sicher, Arved richtig verstanden zu haben.

»Genau, in seine Wohnung«, bestätigte er. »Es kann sein, dass der Tod von Graf mit dir zusammenhängt.«

»Das glaube ich nicht«, wiegelte sie ab. »Er war immer so ein netter alter Herr. Ich habe ihm früher mal meine Handynummer gegeben, damit er mich anrufen konnte, wenn er was brauchte. Hilfe oder neue Zeitungen.«

Sie stockte, ihr blieb der Mund offen. Swenson konnte förmlich beobachten, wie es in Klaras Kopf ratterte.

»Mach dir keine Sorgen!« Swenson nahm ihre auf dem Tisch liegende Hand in seine. Mit dem Daumen strich er beruhigend über ihren Handrücken.

Am Besten, dachte er, ich rufe Zac an und lasse mir die Akte von Graf schicken. Wenn der was auf dem Kerbholz hat, dann gibt es von ihm auch eine Akte.

»Wann soll's losgehen?«

»Hä, was?«, fragte er aus seinen Gedanken gerissen nach.

»Ich meinte, wann wollen wir oben nachsehen?«, präzisierte Klara.

»Ich denke, zwischen ein und zwei Uhr, da schlafen die meisten Menschen.«

»Ich auch«, murmelte Klara missmutig. Ihr war bei dem Gedanken, einen Einbruch zu begehen, mulmig zumute.

»Ich weiß, das klingt feige, aber müssen wir da hinein. Mir ist nicht wohl bei der Sache. Ich habe noch niemals was Strafbares gemacht. Nichtmal falsch geparkt«, setzte sie zaghaft hinzu.

Swenson winkte ab. »Keine Sorge, wird schon schiefgehen«, beruhigte er sie.

Klara lag eingerollt in eine kuschlige Decke auf ihrem Sofa und beobachtete ihren Wecker. Sekunde um Sekunde rutschte der Zeiger weiter. Sie wartete darauf, dass Swenson ihr das Signal gab, dass es losging.

Aus der Küche drang gedimmtes Licht herüber. Swenson hatte sich dort auf dem Tisch mit seinem Laptop eingerichtet. Wo er genau rumrödelte, war unmöglich für sie von ihrem Platz aus zu erkennen. Sie hörte ihn leise sprechen. Einzelne Wortfetzen drangen bis zu ihr. Sie nahm an, dass er mit Agenten der PCSR referierte. Sie spitzte die Ohren, vielleicht konnte sie einige Wortfetzen erhaschen.

Der Zeiger ihrer Uhr rückte auf die zwölf. Wieder war eine Stunde vergangen. Allmählich überfiel sie bleierne Müdigkeit. Es fiel ihr schwer, die Augen offen zu halten. Noch zwei Stunden. Sie boxte sich ihr Kissen zurecht und rollte sich auf die andere Seite, weg vom Licht. Unter Arveds Gemurmel schloss sie die Augen.

»Was ist aus dem Kind geworden?« Swenson sah den Mann auf seinem Bildschirm an. Er und Zac skypten seit einer Stunde miteinander. Klara hatte zum Abendessen einige Pizzas kommenlassen und sich zum Essen auf die Couch verzogen. Swenson wollte ungestört mit Zac reden und einiges aus ihrem Leben in Erfahrung bringen. Deswegen hatte er sich in der Küche häuslich eingerichtet. Denn er war sich sicher, dass Klara ihm nicht alles erzählen würde.

»Das Kind ist in einem Kinderheim untergekommen«, antwortete Zac.

»Gab es keine Verwandten, die das Mädchen damals hätten auffangen können und ihm ein Leben im Heim erspart hätten?«, fragte Swenson.

»Darüber gibt es keine Notizen in der Akte. Bisher haben wir keine Einsicht in die Prozessakten erlangen können. Die sind nach wie vor unter Verschluss. Ich kann versuchen, den früheren Sozialarbeiter von ihr ausfindig zu machen«, bot Zac an. »Eventuell könnte er etwas zum damaligen Prozess sagen und warum sie seiner Ansicht nach bedroht wird. Denn vermögend scheint sie ja nach ihren eigenen Angaben nicht zu sein.« Zac zuckte mit den Schultern und setzte hinzu: »Mir will sich das Warum nicht erschließen.«

Swenson blickte in die Kamera vor sich: »Danke Zac, ich warte auf deine Ergebnisse.«

Er klappte den Deckel seines Rechners zu. Die Ellenbogen auf die Tischplatte gestützt legte es das Gesicht in seine Hände.

So saß er da und überdachte seine Möglichkeiten, Klara zu schützen und gleichzeitig die Bedrohung für immer von ihr abzuwenden. Seit sie die Fähre verlassen hatten, war sie zunehmend nervöser geworden, zuckte bei jedem plötzlichen Geräusch zusammen und sah sich ständig um. Sogar am Abend, als der Pizzabote an ihrer Tür klingelte, spähte sie erst vorsichtig durch den Türspion, und verkroch sich hinter seinem Rücken, als er die Tür öffnete, um die Bestellung entgegenzunehmen.

Sie war verängstigt, ja, sie hatte Todesangst. Das spürte er.

Er ging hinüber ins Wohnzimmer. Sie lag auf Seite, das Gesicht abgewandt, und sie atmete hektisch. Viel zu deutlich hob sich ihr Brustkorb. Sie tat so, als schliefe sie, er aber wusste, sie war hellwach.

»Kommst du mit hoch oder möchtest du lieber hier unten warten?«

Mit einem Ruck drehte sie sich um und setzte sich auf. Püppie, die auf ihr gelegen hatte, purzelte von der Couch und schnaufte unwillig. Klara angelte mit den Füssen nach ihren Schlappen.

»Ich komme mit. Wenn ich warte, dann wird mir noch ungemütlicher zumute.«

»Ziehe das an.« Swenson reichte ihr einen Ganzkörperanzug aus Vliesstoff. »Wir müssen nicht auch noch unsere DNA verteilen«, erklärte er ihr.

Sie hatte solches Teil bisher nur im Fernsehen in Krimis gesehen. Verdrossen stieg sie in den Anzug und tappte hinter ihm her.

Mit einem Skalpell, jedenfalls sah es so aus, öffnete er die Versiegelung an der Wohnungstür.

»Die Polizei wird merken, dass das Siegel verletzt wurde«, merkte Klara an.

Swenson gab ihr mit einem Nicken recht, sagte aber: »Sie werden nicht wissen, wer das gewesen ist, und davon ausgehen, dass neugierige Nachbarn sich Zutritt verschafft haben.«

Mit einem leisen Knacken gab das Schloss nach.

Swenson trat als Erster ein. Mit einer Stablampe sorgte er für Licht. Klara drückte er die gleiche in die Hand.

Sie flüsterte: »Wonach soll ich suchen?«

»Guck dich um, ob du Veränderungen erkennst.«

Zielstrebig ging Klara ins Wohnzimmer und blieb wie angewurzelt stehen, vor ihr breitete sich eine Apokalypse aus. Der riesige rotbraune Fleck verschlimmerte für sie noch das Gefühl der Vernichtung. Zögerlich setzte sie einen Fuß vor den anderen. Was hatte sich hier abgespielt? Wie hatte Onkel Walter leiden müssen? Und vor allem, warum? Tränen liefen ihr über das Gesicht. Sie presste ihre Hände vor den Mund, um das Schluchzen, das in ihrer Kehle brannte, zu unterdrücken.

Verwundert hörte Swenson ihr Weinen.

»Sch, scht!« Er nahm sie in seine Arme, zog ihren Kopf an seine Brust und klopfte ihr auf den Rücken. »Nimm es dir nicht so zu Herzen. Du kanntest ihn doch gar nicht näher.«

Er spürte, wie Klara an seiner Brust ihren Kopf schüttelte. Sie löste sich aus seiner Zärtlichkeit, trat einen Schritt zurück, sodass sie ihm geradewegs in die Augen sehen konnte. Dann wisperte sie: »Doch, ich kannte ihn.«

Verblüfft schob er sie auf Armeslänge von sich und fragte: »Wie bitte?«

»Ich kannte ihn.« Sie stockte und setzte hinzu: »Glaube ich zumindest.«

»Wie ... was?«

Klara suchte nach einem Sitzplatz, auf dem sie sich niederlassen konnte.

»Ich bin mir nicht sicher, aber ich habe es mir immer eingeredet, dass ich Herrn Graf aus meiner Kindheit kannte. Wenn ich mich nicht täusche, so war er bei uns, das heißt, bei meinen Eltern«, schränkte sie ein, »Hausmeister. Und ich habe ihn Onkel Walter genannt.«

Swenson war fassungslos über das, was Klara ihm erzählte. Das musste er erst verdauen. Mit solcher Nachricht hatte er überhaupt nicht gerechnet.

»Du bleibst hier«, wies er sie an, während er systematisch die Wohnung absuchte. Doch außer ein paar Zeitschriften fand er nichts.

Die Zeitungen unter dem Arm geklemmt und Klara an der Hand gab er seine Suche auf, schlich mit ihr zurück in ihre Wohnung.

Dort angekommen pellten sie sich aus ihren Schutzanzügen, die er mit den Zeitschriften in verschiedenen Beuteln verstaute.

Er fühlte sich ausgelaugt und müde. Deshalb sagte er zu ihr: »Lass uns morgen reden. Wenn du nichts dagegen hast, mache ich mich jetzt auf den Weg zum Hotel. Ich muss schlafen.«

»Arved, du musst nicht los, wenn du hierbleiben willst.« Zaghaft zeigte sie auf ihre Schlafzimmertür.

»Nein«, wiegelte er ab. »Das ist dein Bett.«

Sie lachte freudlos. »Ich schlafe den Rest der Nacht nicht besonders gut. Du kannst es dir da drinnen gemütlich machen. Das Bett ist frisch bezogen. Püppie und ich bleiben auf dem Sofa«, sagte sie und sah hinunter zu dem auf ihren Füssen zusammengerollt liegenden Hund.

12. Kapitel

»Noch einen Schluck Wein?« Nick hob die Flasche mit dem Weißen aus dem Kühler und schenkte in die ihm hingehaltenen Gläser ein.

»Was für ein schöner Abend!« Dilenn lehnte sich in ihrem Sessel zurück und sah Klara nachdenklich an.

»Ich will nicht neugierig sein, aber interessieren tut's mich halt doch. Was ist gestern bei eurer«, sie zeigte mit den Fingern imaginäre Gänsefüßchen, »Hausdurchsuchung herausgekommen?«

Klaras Blick huschte zu Swenson. Der stand am Grill und wendete die Steaks. Damit schien er vollauf beschäftigt zu sein.

Sie rutschte in ihrem Sessel herum, suchte eine bequemere Sitzhaltung, ehe sie sich vorbeugte und zu Dilenn sagte: »Es sieht ganz danach aus, dass Onkel Wolfgang mein Erpresser war.«

»Onkel Wolfgang? Der, von dem du mir mal erzählt hast? Der, wegen dem du extra in das Haus gezogen bist und der dich nicht wiedererkannt hat, wie du sagtest? Der Onkel Wolfgang?« Dilenn griff sich an die Stirn. »Nicht zu fassen!«

Klara nickte heftig, seufzte auf und bestätigte: »Genau der Wolfgang.«

»Was sagte Swenson dazu?«, fragte Dilenn.

»Nicht viel. Wir sind gestern schnell schlafengegangen.«

»Er hat bei dir übernachtet? Ich glaube, ich habe mich verhört.«

»Ja, na und? Was ist dabei?« Klara verdrehte die Augen nach oben.

»Och, nichts«, erwiderte Dede und konnte das Grinsen in ihrer Mine nur schlecht verbergen.

»Was?« Klara warf die Arme in die Luft. »Er hat in meinem Bett übernachtet und ich auf dem Sofa mit Püppie.«

Dilenn lachte lauthals und wischte sich die Lachtränen vom Gesicht.

»Dich muss es ja ganz schön erwischt haben, wenn du so ein«, sie beugte sich näher zu Klara hin und flüsterte, »Schnittchen von der Bettkante schubst.«

Klaras Augen nahmen die Größe von Suppentellern an und ihr Mund öffnete sich wie bei einem Karpfen, der nach Luft schnappt, und sie sagte nur »Oh« und verstummte.

Nachdenklich die Stirn gerunzelt schob sie das Fleisch und den Salat auf ihrem Teller herum.

»Du meinst«, hub sie an und winkte wieder ab. »Nein, das kann nicht sein.« Sie schüttelte den Kopf.

»Darf man erfahren, was nicht sein kann?«, fragte Nick und setzte sich neben seine Frau.

Dilenn gab ihm einen leichten Klaps auf den Arm: »Du bist unverbesserlich neugierig, Nikolas Nienhaus.

Aber ich will es dir verraten.« Sie lächelte breit und strahlte Klara und Swenson gleichzeitig an.

»Klara hat eben in diesem Augenblick geschnallt, dass sie in Swenson verliebt ist.«

Arved fiel die Gabel, die er zum Mund führte, auf den Teller. Er schnappte nach Luft, lief rot an und quetschte hustend hervor: »Das ist mir neu.«

Klara warf ihr Besteck auf den Tisch, sprang aus ihrem Sessel und rannte ins Haus und die Treppen nach oben. Dann knallte eine Tür ins Schloss.

Verblüfft sah ihr Dilenn nach.

»Autsch.« Sie tippte sich an die Wange. »Jetzt stehe ich bis an die Ohren im Fettnapf. Auweia.« Sie erhob sich. »Ich sollte schleunigst dafür sorgen, das wieder zu richten, und mich entschuldigen.«

Sie erhob sich und ging zur Terrassentür. Dort drehte sie sich um und zeigte mit dem Finger auf Swenson und sagte mit leuchtendem Blick und verschmitztem Schalk in den Augen: »Aber ich habe doch recht, Arved. Wenn man euch so sieht. Ihr seid wie geschaffen füreinander.«

Nick trat zu seiner Frau, schob sie ins Haus. »Mach dir, da mal keine Sorgen drum, Liebling. Die zwei werden schon wissen, was sie tun.« Er nickte ihr zu. »Geh und kümmere dich um Klara.«

Klara hockte auf dem Boden vor Hebes Kinderbett und streichelte dem schlafenden Mädchen zärtlich über die Wangen. Die Kleine zog eine unwillige Schnute, wachte aber nicht auf.

»Ach, hier drinnen bist du.« Dilenn hockte sich neben Klara, legte ihren Arm um ihre Schultern und sagte: »Es tut mir leid.«

»Muss es nicht.« Klara sah hoch. »Du hast den Nagel auf den Kopf getroffen.« Sie seufzte leise. »Die Krux ist, ich bin mir ziemlich sicher, dass Arved nicht dasselbe für mich empfindet wie ich für ihn.«

»Das glaube ich nun wieder nicht. Ich habe gesehen, wie er dich anhimmelt, wenn du nicht hinsiehst«, widersprach Dilenn und strahlte Klara an.

»Dein Wort in Gottes Ohr. Die Zeit wird es bringen.«

Sie erhob sich: »Wir sollten runtergehen und sehen, ob noch was zu essen übrig ist. Mein Magen knurrt.«

Als die beiden jungen Frauen die Terrasse betraten, waren Arved und Nick so ins Gespräch vertieft, dass sie nicht mitbekamen, wie die beiden Frauen sich dazusetzten und zuhörten.

»Könnte ich bitte ein Glas von diesem Wein haben?«, unterbrach Dilenn das Gespräch.

»Ich habe Nick erzählt, das dein Saxophon hinüber ist.« Eine große Traurigkeit schwang in Arveds Stimme mit, als wäre das Instrument ein lebendiges Wesen.

»Ja, leider«, bestätigte Klara. »Und es sieht nicht so aus, als könnte es jemals wieder repariert werden.«

»Hast du schon eine Idee, was du in Zukunft machen willst?«, mischte sich Dilenn ein.

Beschämt senkte Klara den Kopf, ehe sie leise zugab: »Ich habe mir in letzter Zeit keine Gedanken um meine

Zukunft gemacht. Es ist so viel geschehen, dass ich alles um mich herum in den Hintergrund tat.«

»Das ist nicht ganz richtig«, mischte Swenson ein. »Du vergisst, dass du einen kleinen Naturfilm gedreht hast.«

»Ach der.« Sie winkte ab. »Der Typ in dem Studio war nicht sonderlich begeistert von meinem Machwerk.«

»Aller Anfang ist schwer.« Mit der abgedroschenen Phrase versuchte Swenson sie aufzumuntern.

Klara hob den Kopf und schaute in die Runde, bis ihr Blick an Nick hängenblieb.

»Ich werde vorläufig durch die Clubs tingeln.«

»Das ist nicht dein Ernst«, mischte sich Dilenn erschrocken ein. »Bist du von allen guten Geistern verlassen?« Sie verschränkte die Armen vor der Brust und funkelte ihre Freundin böse an.

»Wieso denn nicht?«, erboste sich Klara. Sie warf Nick einen hoffnungsvollen Blick zu. »Kannst du mir ein paar Kontakte knüpfen?«

»Das wirst du nicht tun«, fauchte ihn seine Frau an.

Nick öffnete den Mund und schloss ihn wieder, angesichts der verärgerten Miene, die Dilenn zur Schau trug.

»Könnte mir mal jemand erklären, was hier los ist?«

Mit ausgestrecktem Arm zeigte Dilenn auf Klara: »Los, erzähl es ihm.«

Klara wand sich wie ein Aal an der Angel. Dilenn hatte genug von Klaras Ziererei und platzte heraus: »Sie hat sich während ihrer Ausbildung zur Mediengestalterin noch Geld dazuverdient, und zwar mit Auftritten in Bars.«

»Gar nicht wahr, es waren Hotels und ich habe in den jeweiligen Launches gespielt.«

»Ja, so lange, bis dich so ein schmieriger Kerl fast vergewaltigt hätte.« Dilenn legte ihre Hand auf Klaras Arm und sah sie an. »Überleg es dir gut.«

»Das ist alles richtig, was du sagst, aber von irgendetwas muss der Schornstein rauchen.« Sie rieb Daumen und Zeigefinger aneinander, ehe sie dazusetzte: »Und ich kann nur Saxophon spielen. Und nebenbei erwähnt, das kann ich sehr gut.«

Dilenn hob die Hände und gab sich geschlagen.

Sie sah ihren Mann herausfordernd an. »Du wirst ihr helfen. Und du«, sie zeigte auf Swenson, »sorgst dafür, dass ihr nichts geschieht.«

»Dein Instrument ist im Eimer. Wo willst du so schnell ein anderes herholen?«

Swenson hegte die Hoffnung, dass Klaras Idee nach seiner Erinnerung an das zerstörte Instrument im Sande verlief. Doch sie strahlte ihn und die anderen am Tisch an. »Ich habe noch mein Schülerinstrument im Schrank. Das ist zwar ein Alto, aber es reicht vorerst, bis ich mir ein Profiinstrument leihe.«

Sie stand von ihrem Platz auf. »Wenn ich gedenke, noch eine Runde zu üben, muss ich los. Ich rufe dich an.«

Sie umarmte Dilenn zum Abschied. Einigermaßen verblüfft beobachtete Swenson ihren überstürzten Aufbruch.

»Arved«, rief sie ihm auf dem Weg zur Auffahrt zu, »vergiss Püppie nicht. Sie ist bei Hebe.«

Nur widerwillig trennte sich die Hündin von ihrer neuen Schutzbefohlenen. Denn wie alle Bernhardiner verspürte auch sie den starken Instinkt zu beschützen.

Swenson fuhr Klara die kurze Strecke von der Mühle in Lichtenhagen hinüber nach Lütten-Klein zu ihrer Wohnung.

»Du brauchst nicht mit hochzukommen. Es reicht, wenn du wartest, bis ich drinnen bin«, sagte Klara und stieg aus.

Arved wendete den Wagen und wartete, bis oben das Licht anging.

Klara trat ans Fenster, schob die Jalousie hoch und winkte ihm zu.

Arved atmete zufrieden aus, gab Gas und lenkte das Auto zur Stadtautobahn. Zügig fuhr er nach Warnemünde. Die Firma hatte dort in einem Hotel ein Zimmer gemietet. Er freute sich auf eine Dusche und einen gemütlichen Abend bei Bier und Fußball auf der Couch.

Doch in das Gefühl der Vorfreude mischte sich ein Kräuseln seiner Kopfhaut.

Er passierte das Ortsschild. Die Gänsehaut breitete sich über seinen Rücken hinab aus.

»Verdammt!« Er schlug mit der Faust aufs Lenkrad, wendete den Wagen und raste zurück. Einen flüchtigen Moment lang dachte er an einen Blitzer, doch der war ihm gleichgültig. Egal, er verdrängte die Polizei aus seinen Gedanken, fuhr mit hohem Tempo weiter. In Klaras Straße angekommen drosselte er seine Geschwindigkeit. Die Straße lag im Dunklen, nur hin und wieder erhellte eine Hauseingangslampe die Umgebung. Vor ihrem Haus war es stockfinster. Er ging zum Hintereingang. Auf dieser Seite des Hauses waren die Balkone. Klara wohnte im ersten Stock. Swenson betrachtete die Hauswand und die Pappel und deren Äste. Er überlegte sich einen Weg, wie er in ihre Wohnung gelangen könnte. Mit einem Satz sprang er nach oben, klammerte sich am untersten Ast des Baumes, stieg von dort aus, geschmeidig wie eine Katze, von Ast zu Ast. Er setzte sich auf einen dicken Ast, exakt gegenüber ihrem Balkon. Um den Zwischenraum von Baum zum Haus zu überwinden, bedurfte es nur eines gezielten Sprungs und er landete auf ihrem Balkon. Ihre Fenstertür war verschlossen, nur das Fenster daneben hatte sie angekippt.

Er hockte sich auf den Boden in den Nachtschatten und wartete ab. Leise Musik drang zu ihm heraus. Sie übte. Wie er so in der Nacht vor ihrem Fenster hockte, kam es sich reichlich blöd vor.

Sie hatte natürlich mit ihrer Einschätzung, selbst auf sich achten zu können, völlig richtig gelegen. Und er ... Er machte sich jetzt zum Affen, indem er sich erhob und an ihre Balkontür klopfte und um Einlass bat.

Klara setzte das Saxophon ab und lauschte. Hatte es geklopft? Sie wartete. Nichts. Verwundert schüttelte sie den Kopf und stimmte erneut an. Sie übte die Tonleiter rauf und runter. Das tat sie jedes Mal, wenn sie zu spielen anfing. Als Lockerungsübung und um ihr Instrument anzuwärmen. Kaum spielte sie, da klopfte es abermals leise.

Verärgert über die Störung erhob sie sich, stellte das Instrument in den Ständer und horchte. Sie wandte sich zur Balkontür und sah dort einen bedröppelt dreinblickenden Swenson stehen. Sie öffnete und ließ ihn eintreten. Mit in die Hüften gestemmten Fäusten fragte sie: »Arved. Was machst du hier auf dem Balkon? Und überhaupt, wie bist du hochgekommen?«

Arved verzog die Lippen zu einem verschmitzten Grinsen, ehe er antwortete. »Bin über den Baum gestiegen und gesprungen.«

Mit einer erstaunten, überraschten Miene im Gesicht sprach sie weiter: »Warum hast du nicht geklingelt? Ich hätte dich reingelassen. Durch die Haustür.«

Swenson, der nicht zugeben wollte, dass ihn sein Gefühl getäuscht hatte, murmelte etwas in seinen Bart.

»Hä, was hast du gesagt?« Klara sah ihn verständnisheischend an.

Schließlich platzte ihm der Kragen. Er warf die Arme hoch und sagte: »Ich hatte so ein komisches Gefühl. Da habe ich mir Sorgen gemacht und wollte nur noch einmal nachsehen, ob bei dir alles okay ist. Ich wollte so unauffällig wie möglich sein.«

Klara biss sich auf die Unterlippe, um nicht loszulachen. Trotzdem kicherte sie: »Das ist dir bei Gott auch hervorragend gelungen.«

Sie setzte sich an ihren Notenständer, nahm ihr Sax und fing an zu spielen. Swenson stand im Zimmer herum und sah ihr zu. Sie spielte einige Töne rauf und runter, konzentrierte sich auf die Noten vor sich. Ein schriller Pfiff ließ ihn zusammenzucken. Das Gesicht schmerzhaft verzogen sagte sie: »Hau dich aufs Sofa und steh nicht wie ein Ölgötze blöd rum. Du nimmst mir die Ruhe.«

»Ich sollte gehen. Püppie wartet unten im Wagen.« Er trat auf sie zu. Zog sie in seine Arme, drückte sie an sich. »Gute Nacht.«

Verblüfft fragte Klara sich: Was war das denn?

Einen Moment, diesen einen Moment, hatte sie seine Umarmung genossen. Sie stand da und starrte ratlos auf das Saxophon in ihren Händen und musste sich eingestehen, wenn er in der Nähe war, fühlte sie sich beschützt. Mit seiner Präsenz füllte er die Leere in ihrem Heim und in ihr selbst. Mit seinem Verschwinden kehrte die Einsamkeit in ihr Inneres zurück.

Sie fragte sich, ob sie ihn mit ihrer Schnodderigkeit verjagt hatte. Das wird heute nichts mehr, dachte sie und stellte den Notenständer und das Saxophon zur Seite.

Aus dem Kühlschrank nahm sie die offene Flasche Wein und goss sich ein Glas davon ein. Das Glas stellte sie auf der Schiffskiste, die ihr als Couchtisch diente, ab. In ihre Decke gewickelt lümmelte sie sich aufs Sofa.

Im Fernsehen lief eine belanglose Soap. Ab und an warf sie einen Blick zum Bildschirm, ansonsten hing sie ihren Gedanken nach.

Hatte Dede mit ihrer Behauptung, er wäre in Klara – äh, Sie verliebt, ins Schwarze getroffen? Wenn sie ehrlich zu sich war, fühlte es sich gut an. Seine Fürsorge und als er sie an sich zog. Dede hatte recht, schoss es ihr durch den Kopf.

Swenson fühlte sich wie auf der Flucht. Er setzte sich hinters Steuer. Was war nur über ihn gekommen, dass er sich so albern benahm? Er spürte, wie seine Wangen heiß wurden. Ein Glück, es war dunkel im Auto. Mit einer roten Bombe als Gesicht herumzulaufen und gesehen zu werden, wäre das Letzte, was er brauchte.

Vor seinem Hotel angekommen fuhr er ins Parkhaus. Als er ausstieg, fiel ihm ein schwarzer Wagen mit heimischen Kennzeichen auf. Mit nur mäßigem Interesse umrundete er das Gefährt, er spähte ins Innere. Irgendwie kam ihm das Auto bekannt vor. Er war sich sicher, es schon öfter in der Stadt und in der Nähe von Klara gesehen zu haben. Er legte seine Hand auf die Kühlerhaube – sie fühlte sich warm an.

Ich muss besser auf Klaras Umfeld achten, ermahnte er sich.

Beim Gedanken an sie erhellte sich seine Miene mit einem Lächeln. Klara! Je länger er mit ihr zusammen war, umso geheimnisvoller und widersprüchlicher erschien sie ihm. Ihn packte die Lust, hinter ihre sorgfältig aufrechterhaltene Fassade von Unnahbarkeit zu schauen und ihren wahren Kern zu entdecken. Als er auf ihrem Balkon stand und ihr beim Spielen zugesehen hatte, als er sah, wie sie, abwesend von dieser Welt, versunken in ihre Eigene, die Musik spielte, da wollte er um jeden Preis wissen, was in diesem Augenblick in ihr vorging. Er glaubte, eine Ahnung davon erhascht zu haben, was sie in diesem Augenblick dachte und fühlte.

Sie sah so verletzlich und einsam aus. Er war sich sicher, in diesem Moment einen Funken der wahren Klara erblickt zu haben.

Während er über sie nachdachte, war er mit dem Lift nach oben gefahren. In seiner Suite angekommen genehmigte er sich aus der Bar einen Drink. Das Glas in der Hand setzte er sich an den Schreibtisch, stellte seinen Laptop an und wählte sich bei Skype ein.

Nur einige Augenblicke später erschien auf dem Bildschirm Zacs Gesicht.

»Hallo mein Freund. Wie geht's? Hast du irgendetwas herausgefunden?«

Zachariah am anderen Ende hielt sich nicht lange mit Smalltalk auf, sondern kam sofort zur Sache.

»Ich habe in den letzten Tagen ein wenig tiefer gegraben und ein paar interessante Details gefunden.«

Er blätterte in einigen Papieren, die auf seinem Schreibtisch lagen.

»Vor circa fünfundzwanzig Jahren wurde der Diamantenmarkt urplötzlich mit hochwertigen Diamanten überschwemmt. Die großen Handelshäuser bemühten sich, die Steine aufzukaufen, um die Preise stabil und hoch zu halten. Was gelang. Nur wenige der Mineralien gelangten in den Handel. Freilich waren die Juweliere, die solche Steine erwarben, nicht bereit, ihre Quelle preiszugeben. So plötzlich, wie die Diamanten auf dem Markt erschienen, so plötzlich verschwanden sie wieder.

Da vergleichsweise nur geringer Schaden entstand, wurden die Ermittlungen offiziell als Cold Case eingestuft.«

»Stopp«, unterbrach Swenson Zacs Redefluss. »Was hat das alles mit Klara zu tun?«

»Nicht viel, außer dass ihr Familienname in dem Dossier«, er hielt einige Blätter vor die Kamera, »auftaucht.«

Swenson fuhr sich durch die Haare. »Gut!« Er nickte und setzte hinzu: »Das Beste wird sein, du schickst mir die Papiere an meinen Post-Account und ich sehe sie mir in Ruhe an.«

»Okay.« Zac nickte und beendete die Videokonferenz.

13. Kapitel

Hier musste es sein. Schunke lugte über seine Schulter und stellte sich in den Schatten der Hausmauer und wartete. Fünf, zehn Minuten. Als er sich sicher war, dass ihn niemand verfolgte, trat er hervor und blickte an der Fassade des Hauses empor. ›Massagestudio‹ stand auf einem Messingschild neben der Tür zu lesen. Darunter waren die Öffnungszeiten gelistet, täglich von zehn Uhr bis sechs Uhr. Grinsend las er die angebotenen Dienste. Thaimassage für Herren und Damen.

Boshaft dachte er: Hier vergnügt sich also der alte Bock, als ob bei dem eine Massage was in Gang setzen würde. Er trat ein.

So unscheinbar das Haus von außen wirkte, so prächtig und luxuriös präsentierte sich die Innendekoration. Er blieb im Eingangsbereich auf der Fußmatte stehen und checkte die Lage. Weicher Teppichboden verschluckte jeden Schritt und über ihm verbreiteten glänzende Lüster warmes Licht. Eifrig scharrte er mit den Füssen, bestrebt, den letzten Krümel Schmutz abzustreifen, ehe er das Vestibül betrat.

Die Hände in den Hosentaschen seines Smokings vergraben schlenderte er hin zum Empfangstisch.

Schunke zog einen prall gefüllten Briefumschlag hervor und schob ihn der jungen Frau zu.

»Ihr bester Kunde, Herr Koschwiz, wird ihn in den nächsten Tagen abholen.«

»Oh, das ist aber schade. Herr Koschwiz war leider schon eine ganze Weile nicht mehr hier. Ob ihm was passiert ist?« Antwortheischend blinzelte sie ihn an. »Wenn man es bedenkt, der Jüngste war er ja auch nicht mehr. Da kann immer einmal etwas Unerwartetes geschehen.«

Schunke langte über den Tresen und krallte sich das Kuvert, dass sie unschlüssig in ihren Fingern drehte, und stopfte es zurück in die Innentasche seines Smokings und ging.

Verblüfft und schockiert über seine Aktion blickte sie ihm mit offenem Mund nach. An der Tür wandte er sich kurz um und rief ihr zu: »Falls er auftaucht, können Sie ihm sagen, ich sei hier gewesen und die Zahlungen werden ab sofort eingestellt.«

***

Kommissar Seibt betrachtete die seit Wochen leeren Whiteboards und ärgerte sich. Er und seine Kollegen waren trotz intensiver Ermittlungsarbeit nicht wirklich einen Schritt vorwärtsgekommen.

Er raufte sich die Haare und tigerte in seinem winzigen Büro auf und ab. Er wartete noch immer auf den alles entscheidenden Hinweis, der ihm zum Durchbruch bei der Lösung des Falles verhalf. Schließlich setzte er sich an seinen Schreibtisch, nahm sich ein weiteres Mal die Akten vom Band der Villa vor. Er blätterte durch die Seiten, die er mittlerweile auswendig kannte.

Irgendeinen wichtigen Hinweis übersah er, das signalisierte ihm sein Bauchgefühl.

Das Telefon neben ihm klingelte. »Seibt«, meldete er sich kurzangebunden. »Was?«, fragte er nach. Er hörte sich an, was der Anrufer ihm mitteilte. »Okay, ich werde mich darum kümmern.«

Seibt erhob sich und rief seinem Kollegen im Hinausgehen zu: »Ruf die Spurensicherung, wir fahren zur Wohnung von diesem Walter Graf. Alles Weitere erfährst du auf dem Weg dorthin.«

**

Was ist denn hier los?, fragte sich Klara. Sie blieb stehen und beobachtete das Geschehen vor ihrem Haus. Die Haustür stand sperrangelweit offen und Leute in weißen Ganzkörperanzügen kamen ihr im Flur entgegen. Sie quetschte sich an die Wand, um einen der Entgegenkommenden vorbeizulassen.

Auf dem Absatz zu ihrer Wohnung blieb sie stehen, beugte sich über das Geländer und sah hoch.

Zu ihrer Enttäuschung stellte sie fest, dass sie keine, aber auch gar keine Informationen darüber, was über ihr vorging, aufschnappen konnte.

Sie vernahm nur Fußgetrappel und undeutliches Gemurmel. Schnell zog sie sich an ihre Wohnungstür zurück und fingerte mit ihrem Schlüssel am Türschloss zu ihrer Wohnung herum. Verärgert rüttelte sie am Knauf. Schritte erschallten hinter ihr auf der Treppe. Sie wandte sich um und setzte ein entschuldigendes Lächeln auf.

»Es tut mir leid, ich kriege diese verdammte Tür nicht auf.« Der Schlüssel knarzte verräterisch im Schloss. Hoffentlich bricht das Ding nicht ab, betete sie im Stillen. Die Beamten beachteten sie in ihr Gespräch vertieft nicht, sondern schritten an ihr vorbei. Klara spitzte die Ohren und erhaschte Wortfetzen, wie ›Siegel verletzt‹ und ›nach Einbruchsspuren suchen‹.

Ihr wurde heiß und kalt. Sie dachte: Nix wie weg. Mit zittrigen Fingern drehte sie den Schlüssel im Schloss. Sie trat ein und schlug die Tür hinter sich zu. Klara fühlte sich ertappt. In ihrem Kopf drehten sich die Gedanken wie das Räderwerk einer Uhr im Kreis. Mit wackeligen Knien schleppte sie sich in die Küche. Sie brauchte was zu trinken, irgendetwas Starkes zur Beruhigung. Nur mit Mühe gelang es ihr, mit ihren zitternden Händen die Wodkaflasche zu halten und sich Sto Gramm einzuschenken. Sie hob das Glas und trank es auf Ex leer.

Dann stellte sie es so fest auf der Arbeitsplatte ab, dass es klirrte und zerbrach.

Swenson!, fiel ihr ein. Er hatte keine Ahnung, was im Augenblick hier los war. Ich muss ihn anrufen sofort.

Klara schnappte sich ihr Smartphone. Während sie darauf wartete, dass er sich meldete, betete sie im Stillen, dass der Polizei nicht ausgerechnet jetzt einfiel, die Leute im Haus zu befragen, ob sie etwas bemerkt hätten. Und wenn doch, dass sie justament nicht bei ihr begannen.

»Arved, endlich! Ich habe mich schon verzappelt«, sagte sie erleichtert, als Swenson sich meldete, und fuhr fort. »Die Polizei ist im Haus, oben in Grafs Wohnung. Ich fühle mich unwohl. Was ist, wenn die Spuren von uns finden? Es ist besser, du kommst her – sofort.«

»Langsam, langsam.«

Klara nahm das Telefon vom Ohr und betrachtete das Display. Sie konnte Swensons dämpfende Handbewegung förmlich sehen, auch wenn sie nichts sah. Sie hörte sie.

»Du hast gut reden, dir sitzen die Bullen ja nicht im Nacken, sondern mir.«

»Klara, beruhige dich.«

Swensons Stimme klang dunkel und eindringlich. »Die Polizei wird nichts finden. Ich habe darauf geachtet, dass wir keine Spuren außer dem beschädigten Siegel hinterlassen. Ich komme trotzdem vorbei. Ich will mit dir einen kleinen Ausflug machen. Bis gleich.«

Klara holte Luft, um zu antworten, aber Swenson hatte aufgelegt.

Was mochte das für ein Ausflug wohl sein? Ihre Neugierde war geweckt. Sie überlegte, was sie am besten anzog. Ihr Kleiderschrank gab außer Geschäftskleidung, Jeans und T-Shirts und einem kleinen Schwarzen nichts her. Die meisten Leute, die wussten, dass sie Produzentin war, dachten, sie verfügte über ausreichend Geld. Dabei war eher das Gegenteil der Fall. Jeder Cent, der hereinkam, wurde umgehend für die nächste Produktion verbraucht. Und jetzt – sie war praktisch pleite.

Jeans, T-Shirt und Blazer mussten reichen. Sie hoffte, dass der Ausflug auf keinen Fall den Besuch eines exklusiven Restaurants beinhaltete. Es klingelte. »Ja bitte?« Klara meldete sich an der Gegensprechanlage.

»Ich bin es«, antwortete Swenson.

»Bin gleich da.« Sie schlüpfte in ihre Boots und knallte hinter sich die Tür zu. Beschwingt hüpfte sie die Treppen nach unten. Vorbei an den Polizeibeamten, die noch immer durchs Treppenhaus wuselten. Mit fröhlichem Gebell und Schwanzwedeln wurde sie von Püppie begrüßt.

»Wo geht's hin?«, fragte sie Swenson und ließ sich neben ihn auf den Sitz im Auto fallen.

»Das wirst du schon sehen«, erwiderte er und schnitt dabei ein geheimnisvolles Gesicht.

Er fuhr durchs Wohngebiet und bog auf eine Allee ab.

Klara kannte diese Landstraße. Ihr Herz klopfte. Sie kam sich wie auf einem Schleudersitz vor. So viele Jahre hatte sie es tunlichst vermieden, diese Straße entlangzufahren. Sie legte die Hand auf ihren Magen, der sich zu einem Klumpen verknotete. In ihrem Mund sammelte sich Säure. Ihr wurde übel.

Sie wagte es kaum, hinaus auf die an ihr vorbei huschenden Bäume zu sehen. Die Erinnerungen stürzten auf sie ein. Ihre Mutter, die mit ihr in ihrem roten Cabriolet hier entlanggerauscht war. Das Verdeck offen, ihren Schal um den Kopf gewunden und dessen Enden im Fahrtwind flatternd. Oh, wie sie diese Fahrten geliebt hatte. Weil sie ihre Mutter, die sonst immer ein wenig abwesend wirkte, ganz für sich allein hatte. Sie durfte neben ihr sitzen und sie sangen die Schlager, die im Radio gespielt wurden, mit. Ein wehmütiges Lächeln huschte über ihre Miene, bevor sie sich wieder verdüsterte.

Seit dem Tag, als sie diese Allee im Krankenwagen entlanggefahren war und vor sich hin geweint hatte, war sie nie wieder hier gewesen.

Klara fühlte sich, als führen sie durch einen Tunnel aus Bäumen direkt in die Hölle.

Sie wandte sich zu Swenson hin und flüsterte: »Halte sofort an.«

Swenson, aufs Lenken konzentriert, achtete nicht auf sie, summte leise vor sich hin.

Ihre Stimme klang brüchig, als sie rief: »Arved.«

Aus seinen Gedanken gerissen schrak er auf und drehte ihr sein Gesicht zu.

Er trat mit voller Wucht das Bremspedal durch. Der Wagen kam schlickernd zum Stehen.

»Was ist los?«, fragte er. »Du siehst aus, als hättest du einen Geist gesehen.«

Klara senkte den Kopf, eine Träne rollte ihre Wange entlang. Sie presste die Hand auf ihren Mund, weil sich ein unterdrücktes Schluchzen seinen Weg durch ihre Kehle bahnte. Noch mehr Tränen rollten ihr aus den Augen.

Zärtlich hob Arved ihr Kinn an. Klara blickte in zärtliche, ernste Augen.

Mit dem Finger wies sie nach vorn. »Da, da vorn bin ich glücklich gewesen. Ich will da nicht hin.« Sie schüttelte den Kopf und flüsterte: »Zu viele Erinnerungen.«

»Ich weiß.« Swenson nickte. Er räusperte sich und fragte vorsichtig: »Meinst du nicht, du solltest dich den Geistern deiner Kindheit stellen?« Außerdem setzte er hinzu: »Ich glaube, dass dort der Schlüssel zu den Drohbriefen verborgen liegt.« Er wartete ihre Reaktion ab. Sie schüttelte vehement den Kopf. Swenson betonte bestimmt: »Ich muss mich in der Ruine umsehen.«

Klara legte ihre Hand auf seinen Arm und sagte: »Nicht heute. Bitte fahr mich nach Hause.«

Swenson seufzte enttäuscht auf, gab sich aber geschlagen. Wortlos wendete er das Fahrzeug und fuhr sie nach Hause.

Nachdem sie ausgestiegen war, beugte sie sich durchs geöffnete Fahrerfenster zu ihm hin und versuchte, ihm ihre Weigerung zu erklären.

»Ich verstehe dich. Lass mir Zeit, mich mit dem Gedanken, die Villa wiederzusehen, anzufreunden.«

***

»Also Leute, was habt ihr für mich?« Seibt schaute sich im forensischen Labor um. Der Leiter der Abteilung hielt ihm eine Petrischale unter die Nase. Misstrauisch beäugte der Kommissar das ihm hingehaltene Glas.

»Das ist die einzige neue Spur, die wir in der Graf'schen Wohnung gefunden haben.«

Seibt nahm die Schalen in die Hand und wendete sie hin und her. »Was ist das?«

»Ein Haar.«

»Ja, das sehe ich auch.« Dabei wippte er mit den Füßen auf und ab. Sein gereizter Tonfall zeigte seine Ungeduld, als er dazusetzte: »Aber was ist so besonderes daran?«

Der Forensiker griente und sprach betont langsam: »Das Besondere an diesem Haar ist, dass es nicht von einem Menschen stammt.« Er wartete auf eine Reaktion von Seibt und grinste einfach weiter.

Seibt platzte der Geduldsfaden und er fauchte: »Verdammt noch mal, mach's nicht so spannend. Wo stammt das Haar her?«

Der Abteilungsleiter ließ sich herab und sagte: »Von einem Hund.« Er tippte auf den Deckel der Glasschale und wiederholte: »Es ist ein Hundehaar. Hatte Graf einen Kläffer?«

»Soweit ich weiß, nein. Und beim ersten Mal haben wir auch keine Hinweise auf ein Tier in der Wohnung gefunden. Also muss der nachfolgende Einbrecher das Haar eingeschleppt haben«, schlussfolgerte Seibt.

»Danke«, rief er den Mitarbeitern der Kriminaltechnik zu und hob im Hinausgehen grüßend den Arm.

Auf dem Weg zurück in sein Büro dachte Seibt über die neue Entwicklung nach. Irgendjemand hatte das Siegel verletzt, war in die Wohnung eingedrungen und hatte dabei, mit dem Hundehaar als mögliche Spur, den

Tatort verunreinigt. Und sie hätten es nie erfahren, wären heute Morgen nicht die Tatortreiniger gekommen und hätten den Einbruch gemeldet.

In seinem Büro angekommen notierte er auf das Whiteboard mit rotem Stift ›Hund‹. Während er schrieb, hoffte er, dass die Mitarbeiter zusätzlich herausfanden, von welcher Hunderasse das Haar stammte.

Zusätzlich grübelte er darüber nach, wer verdammt noch mal ein so starkes Interesse an der Wohnung hatte, dass er das Wagnis eines Einbruchs auf sich nahm.

Seibt seufzte auf, klappte die Aktendeckel zu und fuhr seinen Rechner herunter. Zeit, für heute Schluss zu machen. Schließlich wartete auf ihn auch noch eine Familie.

14. Kapitel

Wütend warf Koschwiz die Tür hinter sich zu.

»Wiederhol das nochmal. Und zwar Wort für Wort. Was hat der Wichser genau gesagt?«

Er lümmelte mit gespreizten Beinen auf dem Sessel, hatte den Oberkörper vorgebeugt und die Ellenbogen auf seinen Oberschenkeln abgestützt. Die junge Frau stand nur mit einem winzigen Body bekleidet und mit auf dem Rücken versteckten Händen vor ihm. Koschwiz zündete sich eine Zigarre an, inhalierte und blies ihr den Rauch ins Gesicht. Sie blinzelte und der Qualm ließ ihre Augen tränen.

»Er hat gesagt, dass er hier gewesen sei und er die Zahlung einstellt.«

Koschwiz packte sie an ihren langen Haaren, verdrehte die Faust und zog ihr Gesicht dicht an seines heran. Stinkender Atem schlug ihr entgegen. Sie musste ihre gesamte Willenskraft aufbieten, nicht ihr Gesicht vor Ekel und Schmerz zu verziehen.

»Los, sag's nochmal«, zischte er und versprühte dabei seinen Geifer.

»Er hat gesagt, dass er die Zahlung einstellt«, flüsterte sie und hoffte, dass er sie nun losließ.

Koschwiz gab ihr einen Stoß, sie landete auf dem Fußboden. Erleichtert fuhr sie mit den Händen in ihre

Haare und massierte die geschundene Kopfhaut. Er erhob sich, trampelte achtlos an ihr vorbei zur Tür. Das Büschel Haare, das er ihr ausgerissen hatte, warf er im Hinausgehen auf den Boden, wo sie noch immer saß.

Koschwiz schäumte. Er warf die Autotür hinter sich zu und fuhr mit Vollgas aus der Parkgarage.

Und genauso aggressiv fuhr er am Strande entlang nach Warnemünde.

Verdammt, jetzt hatte sich der Wichser von ihm befreit, dachte er. Klug wäre es, für eine Weile die Füße stillzuhalten, überlegte Koschwiz weiter, falls der Idiot auf die Idee kam und ihn anzeigte.

Ich werde mich um das Martinek-Miststück kümmern. Wird Zeit, dass die die Steine rausrückt.

***

Klara hockte vor dem blinden Spiegel und kniff die Augen zu. Die vergangene schlaflose Nacht und der darauffolgende, nicht minder anstrengende Tag verlangten ihren Tribut. Das Ergebnis blinzelte ihr entgegen. Dunkle Augenränder, fahle Gesichtshaut und zu allem Überfluss ein Herpesbläschen auf der Lippe. Sie seufzte. Bei diesem Aussehen half nur noch ein komplettes Make-up vom Profi. Ich brauche Hilfe, und zwar sofort, beschloss sie. Vorhin, als sie die Bar durch den Angestellteneingang betreten hatte, war sie Marco, dem Besitzer, begegnet. Sein missbilligender Blick, mit dem er sie von oben nach unten musterte, sprach Bände. Ehe er sich verlauten ließ:

»Ich hoffe, du siehst nachher vorzeigbar aus.« Damit hatte er sie in diese, von ihm großspurig als Garderobe bezeichnete, Besenkammer geschoben.

»Ich brauche eine Maskenbildnerin«, sprudelte es aus Klara heraus, als sie es endlich geschafft hatte, Dilenn ans Telefon zu klingeln. »Ich sehe absolut scheußlich aus und einen Herpes habe ich auch«, keifte sie panisch ins Telefon.

Dede hatte Mühe, sich das Lachen zu verkneifen. Sie kannte diese verzweifelten Anrufe von Klara zu Genüge. Also blieb sie ruhig und antwortete: »Nichts leichter als das. Du rufst einfach Mirjam an.«

»Dass ich nicht an sie gedacht habe.« Klara schlug sich an die Stirn. »Ich danke dir«, rief sie und weg war sie. Sekunden später scrollte sie sich durch ihre Anrufliste. »M, M, M«, brabbelte sie das Alphabet vor sich her. »Mirjam.«

Sie drückte die Kurzwahl. Und zu ihrem Glück meldete sich Mirjam auch sofort.

»Gott sei's gedankt. Ich brauche deine Hilfe«, schnatterte Klara los. Dabei klopfte sie mit ihren Fingernägeln den Takt eines Titels, den sie hörte, mit, während sie ihrer ehemaligen Make-up-Artistin von ihrem Problem berichtete.

Eine halbe Stunde später ertönte ein Klopfen und gleich darauf steckte Mirjam ihren Lockenkopf durch den Türspalt.

Klara winkte hektisch. »Komm rein.« Mirjam stellte ihren Koffer mit den Utensilien ab und umarmte spontan ihre ehemalige Arbeitgeberin. Klara atmete erleichtert auf. Sie bemerkte erst jetzt, dass sie in Erwartung, wie die Maskenbildnerin reagieren würde, die Luft angehalten hatte.

Fachmännisch betrachtete Mirjam Klaras Antlitz. Sie hob mit dem Finger ihr Kinn an, wendete ihr Gesicht dem Licht zu. Dann sagte sie leise: »Nimm es mir nicht übel, aber du siehst zum Fürchten aus. Was hast du bloß angestellt? Eigentlich müsstest du noch eine Maske auflegen, aber dafür«, sie linste auf die Wanduhr und fuhr fort, »reicht die Zeit nicht.«

Sie öffnete ihren Koffer und fing an, Pinsel, Schwämme, Farben, verschiedene Foundation und Mascara aufzureihen.

»Ich bin froh, dass du gekommen bist.« Klara sah sie an und in ihren Augen spiegelten sich Dankbarkeit und gleichzeitig Schuld wieder.

Mirjam ignorierte auf die in ihrem Blick liegende Entschuldigung.

»Lehn dich zurück und halte still«, wies sie Klara an, dabei legte sie ihr einen Umhang, der ihre ganze Gestalt verhüllte, um.

Klara tat wie ihr geheißen und schloss die Augen. Mirjam trug die Grundierung auf. Sie spürte, wie das Schwämmchen eine feuchte Spur auf ihrer Haut verbreitete. Sie atmete bewusst ein und aus, versuchte, sich zu entspannen.

»Du hättest mit uns sprechen können, weißt du. Anstatt uns vor die Tür zu setzten«, sagte Mirjam, während sie mit dem Pinsel Lidschatten auftrug.

Klara öffnete den Mund, um ihr zu antworten. »Nicht, nicht sprechen, sonst rutsche ich ab«, ermahnte Mirjam sie. Klara schlug die Augen auf, legte ihre Hand auf Mirjams.

»Ich bin bankrott. Wovon hätte ich euch bezahlen sollen«, entschuldigte sie sich und setzte fast flüsternd hinzu: »Mir erschien es das einzig Richtige zu sein, euch zu kündigen.«

Mirjam legte ihre Schminksachen aus der Hand, lehnte sich an den Schminktisch und sah ihrer ehemaligen Chefin direkt ins Gesicht.

Leise, als spräche sie nur zu sich selbst, antwortete sie: »Wir hätten eine Lösung gefunden, es gibt immer einen Weg.«

Ohne weitere Worte nahm sie ihre Arbeit wieder auf. Wenig später, als Klara endlich in den Spiegel schauen durfte, blickte ihr aus dem Glas eine völlig andere Person entgegen.

»Du hast ein Wunder vollbracht. Ich danke dir.« Sie angelte nach ihrer Handtasche, nahm aus ihrer Geldbörse einen Schein und drückte ihn Mirjam in die Hand.

»Wie sieht es bei dir aus? Hast du einen Job? Oder weißt du, was die Anderen tun?«

Erwartungsvoll wartete sie, dass Mirjam antwortete.

»Wir versuchen, locker Kontakt zu halten. Wenn du möchtest, kann ich alle zusammentrommeln.«

»Ich bin mir nicht sicher«, erwiderte Klara gedehnt.

Mirjam nickte und Enttäuschung spiegelte sich in ihrer Miene wider.

»In Schottland hatte ich so eine winzige Idee. Aber als ich den Film in einem Studio habe bearbeiten lassen, wurde mir klar, dass ich mich nicht zum Filmer eigne.« Sie rieb sich mit den Fingern über die Nasenwurzel und dachte laut nach: »Dabei könnte ich mir vorstellen, dass es Spaß macht, Dokus zu drehen. Nur habe ich keinen Plan, welcher Art die sein könnten.«

Mit herabgesunkenen Schultern saß sie auf ihrem Hocker und sah ihre ehemalige Mitarbeiterin ratlos an.

»Noch fünf Minuten«, rief jemand draußen vor der Tür und klopfte heftig an.

»Showtime!« Klara zauberte ein Lächeln auf ihr Gesicht. »Ich muss auf die Bühne.« Sie nahm ihr Saxophon aus dem Ständer. An der Tür wandte sie sich um und sagte: »Danke, für alles. Ich melde mich, versprochen.«

***

Swenson saß im hintersten Eck, vor ihm auf dem Tisch standen ein Cognacschwenker und ein Glas mit Wasser. Er wandte der Bühne seinen Rücken zu. Aber die dezente Verspiegelung der Wand gegenüber ermöglichte es ihm, Klara im Auge zu behalten.

Als Klara mit ihrem Programm begann, war die Lobby von Stimmen erfüllt. Gesprächsfetzen flogen im Raum umher. Es war nicht Laut im eigentlichen Sinne, sondern eher ein unterschwelliges Summen umgeben von gespannter Aufmerksamkeit. Wie in den meisten Business-Hotel-Bars saßen hier Männer allein oder in

Gruppen an den Tischen. Tagsüber gingen die Herren ihren Geschäften nach, abends saßen sie gelangweilt auf den Hockern am Tresen oder an den Tischen in den diversen Bars und vertrieben sich die Zeit.

Der Pianist schlug die Tasten an und die ersten Saxophontöne erschallten. Er spürte es mehr, als er es hörte. Mit jedem neuen Titel, den Klara aus ihrem Instrument zauberte, wurde die Atmosphäre entspannter und gelassener. Es erging den Leuten nicht anders als ihm vor ein paar Wochen, als er sie zu ersten Mal spielen gehört hatte. Er war kein Musikkenner, aber die leisen und dann wieder kräftigen Töne, die Schlenker, die sie innerhalb eines Musiktitels machte, und trotzdem die Melodie beibehielt, sprachen für ihn von Meisterschaft. Er entspannte sich und lächelte vor sich hin. Vorhin, als sie die Bühne betrat, verschlug es ihm förmlich die Sprache. So hatte er sie noch nie gesehen. Das schwarze Etui-Kleid, das ihre Figur umschmeichelte und hervorhob, das perfekte Make-up und ihre sonst immer strubbeligen Haare zu einer modernen Knotenfrisur frisiert machten aus ihr eine Dame. Jeder Zoll an ihr ... eine atemberaubende Frau. Ihm blieb die Luft weg und sein Herz klopfte bis zum Hals.

Ja, Dilenn war eine gute Beobachterin, er hatte sich in das verrückte Mädchen verguckt, aber in diese Frau, die er heute zum ersten Mal sah, in die verliebte er sich.

Swenson war froh, dass das Licht gedimmt war, sonst wäre es ihm sehr peinlich geworden, hätte jemand sein

Gesicht sehen können und erkannt, mit welcher verzückten Miene er Klara betrachtete.

Klara auf der Bühne dagegen schwitzte vor Angst. Das geliehene Instrument klang beileibe nicht so, wie sie sich die Töne in ihrem Kopf vorstellte. Sie musste sehr viel Kraft aufbringen, um einigermaßen sauber zu spielen. In den Pausen zwischen den einzelnen Titeln bedauerte sie es zutiefst, dass ihr gutes altes Selmer unwiederbringlich zerstört war.

Sie beschloss, sich um ein Darlehen bei der Bank zu bemühen, um zu einem besseren Instrument zu kommen. Traurig erinnerte sie sich an das rote Sax, das sie in dem winzigen Musikshop in Inverness gespielt hatte. Nur dieses würde sie sich auch mit einem Kredit nicht leisten können.

Nach zwei Stunden hatte sie es geschafft, die Show war zu Ende und die Lounge leerte sich. Sie ging hinten im Wirtschaftsgebäude die Stufen zum Managerbüro hinauf. Sie wollte sich ihre Gage für den Abend auszahlen lassen.

»Guten Abend schöne Frau«, ertönte es aus einer düsteren Ecke hinter ihr. Klara schnappte nach Luft und blieb abrupt die Hände gegen ihre Brust gepresst stehen.

»Haben Sie mich erschreckt.«

»Das tut mir leid.« Der Mann trat aus dem Schatten ins Licht. Er baute sich schräg stehend vor ihr auf, versperrte ihr damit den Weg nach vorn und nach hinten.

Klara beschlich ein mulmiges Gefühl. Sie schaute den Gang entlang, versuchte, ihre Fluchtmöglichkeiten abzuschätzen.

Verdammt noch eins, dachte sie, wenn ich Swenson brauche, dann ausgerechnet ist er nicht da.

Sie kniff die Augen zusammen und fragte: »Was wollen Sie? Und wer sind Sie?«

»Oh, wer ich bin, tut nichts zur Sache. Nur soviel, ich bin ein alter Freund von Herrn Graf. Oder, wie Sie beliebten, ihn zu nennen, Onkel Walter.« Er warf eine Münze in die Luft und fing sie wieder auf. Er wartete, beobachtete sie genau, sah ihr ins Gesicht. Die Münze flog mehrmals hoch und landete in seiner Hand. Er spielte mit ihr wie mit einem Jojo.

»Was wollen Sie?«

»Bravo, Schätzchen«, säuselte er. »Endlich verstehen wir uns.«

Er schnippte die Münze noch einmal in die Luft, fing sie auf und ließ sie in seiner Hosentasche verschwinden.

»Was sollte ich wollen? Hm, mal nachdenken … Die Diamanten natürlich. Du dummes Ding. Das, was Walter auch wollte.«

Er ging einen Schritt auf sie zu, bedrängte sie.

Klara trat zurück, spürte hinter sich die Wand. Weiter konnte sie ihm nicht ausweichen. Sie roch sein teures After Shave. Er ragte über ihr auf. Angst stieg in ihr hoch.

Sie stotterte flüsternd: »Welche Diamanten?«

Er lachte leise, dann wurde seine Stimme hart. »Die Klunker, die dein Vater beiseitegebracht hat. Ich will sie haben.« Und dann zischte er: »Dann lasse ich dich vielleicht am Leben.«

Er drehte sich auf dem Absatz herum und schlenderte, als sei nichts gewesen, den Gang zurück, dabei schnipste er die Münze in die Luft und fing sie auf.

Vollkommen benommen stand Klara im Flur und sah ihm nach. Das Adrenalin rauschte durch ihre Adern. Sie fühlte sich, als wäre sie von einem Bus überrollt worden. Ihre Vene am Hals pulsierte, sie überkam die Erleichterung und gleichzeitig der Schock. Ihr brach der Schweiß aus. Sie spürte, wie er eklig kalt auf ihrer Stirn klebte und von dort als Rinnsal an den Seiten ihres Gesichts herunterlief. Mit dem Handrücken wischte sie sich über die Stirn. Erschöpft rutschte sie an der Wand hinter ihrem Rücken herunter und blieb in sich zusammengekauert sitzen.

Langsam, langsam atmen, dachte sie und schickte eine Bitte ans Universum. Lass niemanden ausgerechnet jetzt in diesem Augenblick die Treppen heraufkommen.

Doch das Universum erhörte sie wie immer nicht.

»Klara?«

Sie erkannte Swensons Stimme. »Ich bin hier oben«, reagierte sie und versuchte sich hochzustemmen, was ihr nicht gelang. Also blieb sie einfach hocken.

Arveds Kopf tauchte am Treppenabsatz auf. Mit ein, zwei langen Schritten war er bei ihr und kauerte sich vor sie nieder, hob ihr Gesicht an und musterte sie. Ärger klang in seiner Stimme mit, als er sie fragte: »Was ist passiert? Wieso konntest du nicht auf mich warten?«

Schuldbewusst senkte sie den Blick und wisperte: »Konnte ich ahnen, dass mir hier aufgelauert würde? Ich wollte nur meine Gage für heute Abend abholen.«

»Hm«, brummte Swenson, fuhr mit seiner Hand unter ihre Kniekehlen, legte den Arm um ihren Rücken und erhob sich. Klara gab einen erstaunten Quietscher von sich, als sie spürte, wie sie auf seinen Armen durch die Luft schwebte. Swensons Miene verzog sich zu einem teuflischen Grinsen.

»Halte still, sonst stürzt du womöglich noch ab.«

»Mein Geld.«

»Das kannst du auch später noch abholen. Ich bringe dich erst einmal weg von hier. Später erzählst du mir genau«, er senkte die Stimme, »und ich meine ganz genau, was geschehen ist.«

15. Kapitel

Das ging einfacher vonstatten, als ich gedacht hatte, dachte Koschwiz und rieb sich zufrieden die Hände. In Gedanken rekapitulierte er alles noch einmal. Die Tusse war tatsächlich so blöd, wie er angenommen hatte. Ein verhätscheltes Püppchen mit nichts als jeder Menge Stroh im Kopf. Und wie die gezittert hatte. Er leckte sich in Erinnerung daran genüsslich über seine schwülstigen Lippen.

Immer wenn er jemanden in Angst und Panik versetze, verspürte er Macht, ja fast einen Rausch. So wie beim Sex – nein, viel besser. Er liebte dieses Gefühl, Gewalt auszuüben, zu erniedrigen, Herr über Leben und Tod zu sein. Natürlich ohne den ekligen Aspekt, sich die Hände schmutzig zu machen, das konnten andere für ihn besorgen. Ihm gefiel nur der Gedanke.

Er stieg mit einem bösen Lächeln auf den Lippen in sein Auto und fuhr los. Während er sich durch die nächtliche stille Innenstadt manövrierte, beschloss er, ihr einige Tage Zeit zu lassen und dann zum finalen Schlag auszuholen. Er begehrte die Diamanten, um jeden Preis.

***

Klara lag in Decken eingekuschelt und von Püppie belagert auf Swensons Couch.

»Wann bist du hier eingezogen?«, rief sie ihm zu.

»Was? Was hast du gefragt?« Er warf sich das Küchenhandtuch über die Schulter, mit dem er sich die Hände abgetrocknet hatte, und setzte sich zu ihr aufs Sofa.

»Na ja«, erklärte er. »Als mir klar wurde, dass diese Geschichte mit dir längerfristig würde, habe ich mich nach einem möblierten Appartement umgesehen. Außerdem ist es für Püppie angenehmer, nicht immer ihr Körbchen zu wechseln.«

Er streichelte der Hündin über den Kopf und erhob sich.

»Essen ist gleich fertig. Bleib ruhig liegen, ich bringe das Tablett zu dir ans Bett – äh, an die Couch«, verbesserte er sich und verschwand in der Küche.

Klara zog sich die Decke über die Schultern und lächelte zufrieden.

Zum wiederholten Mal wurde ihr bewusst, wie geborgen sie sich in Arved Swensons Nähe fühlte. Sie schüttelte sich ihr Kissen zurecht und rutschte tiefer in ihre Kuscheldecke.

»Püppie, rutsch mal«, nuschelte sie schläfrig und versuchte sich dem Hund gegenüber zu behaupten. Doch die Hündin hatte ihrerseits für sich beschlossen, auch auf dem Sofa schlafen zu wollen. Schließlich gab Klara auf.

Leise schnorchelnde Töne verrieten, dass sie eingeschlafen war.

Als Swenson einen Blick aus der Küche ins Wohnzimmer warf, sah er zwei Gestalten, in eine Decke gewickelt

163

und vor sich hin schnarchend, auf seinem Sofa liegen.

Zufrieden lächelnd begab er sich an seine Arbeit, ein spätes Abendessen zu kreieren. Und er benötigte dafür seine ganze Fantasie, denn sein Kühlschrank gab außer Eiern, Butter und ein paar Scheiben Käse nichts her.

Für Omelett mit geröstetem Brot und einer Flasche Rotwein wird's gerade so reichen, dachte er und machte sich an die Arbeit.

Später, als das Ei in der Pfanne stockte und im Backofen das Brot brutzelte, kräuselte Klara ihre Nase. Leckere Düfte nach Essen zogen von der Küche zu ihr auf die Couch und weckten sie auf.

Mit einem Satz sprang Püppie von ihr herunter und trabte in die Küche, um ein paar Happen zu erhaschen.

Klara setzte sich in ihrem Deckennest auf. »Lecker.«

Swenson stellte das Tablett vor ihr auf dem Tisch ab. »Mehr war leider nicht da«, entschuldigte er sich.

»Macht nichts.«

Klara angelte sich eine Scheibe Röstbrot und biss herzhaft hinein. Kauend und mit vollem Mund sprach sie weiter: »Man, habe ich einen Kohldampf. Das merke ich erst jetzt.«

Swenson nickte und streichelte ihr zärtlich über die Wange, ehe er sagte: »Das kommt vom Adrenalin. Das macht Hunger, wenn es abgebaut wird. Morgen wirst du dich vollkommen zerschlagen fühlen.«

Klara legte das Brot auf den Teller und kniete sich hin. »Arved, ich habe bisher mich nie bei dir bedankt. Also danke!«

Sie lehnte sich vor. Ihre Lippen streiften seine Wange.

Swenson gab ein Stöhnen von sich. Mit einer Hand umfasste er zärtlich ihren Hinterkopf, mit der anderen zog er sie dicht an seinen Körper. Sie strahlte Hitze ab und ihre Brust hob und senkte sich. Ihn erfasste eine schier unzügelbare Sehnsucht. Er presste seine Lippen auf ihre. Es war, als hätte sie darauf gewartet. Sie verschränkte ihre Hände hinter seinem Nacken. Zärtlich fuhr sie ihm mit ihren Fingern durch die Haare. Leicht wie Schmetterlingsflügel strich er mit seiner Zunge über ihre Lippen, die sie bereitwillig öffnete, um ihm Einlass zu gewähren.

Klara seufzte erleichtert auf, als er mit seiner Zunge spielerisch ihre Mundhöhle erforschte. Zwei Schlangen, einem Liebestaumel gleich, eng umschlungen, umspielte er mit seiner ihre Zunge. Klara nahm den Ball auf und ging auf sein Spiel ein. An ihn geschmiegt murmelte sie: »Im Bett ist es sicher bequemer.«

Swenson löste sich von ihr, um ihr in die Augen zu sehen. Seine Stimme klang kratzig, als er sie ansah und sich vergewisserte: »Bist du sicher?«

Klara nickte und umschlang ihn mit ihren Beinen. Er erhob sich mit ihr auf den Armen und trug sie ins angrenzende Schlafzimmer. Mit dem Fuß schlug er die Tür hinter ihnen zu, ohne Rücksicht auf Püppies Protest zu nehmen, weil sie im Wohnzimmer bleiben musste.

***

Koschwiz war überaus zufrieden mit dem vergangenen Abend. Er grinste noch immer, als er im Rollstuhl sitzend am Empfang der Seniorenresidenz vorbei in den Fahrstuhl rollte.

Oben in seinem Apartment schob er das Gefährt in eine Ecke und schloss seine Tür ab. Durch mehrmaliges Drücken der Klinke und indem er an ihr rüttelte, vergewisserte er sich, ob auch tatsächlich abgeschlossen war.

Er öffnete ein Fach in seiner altmodischen Schrankwand, im Stil, den er selbst sarkastisch als Berchtesgadener Barock bezeichnete, und schloss den darin verborgenen Safe auf.

Im Tresor lagerten neben einer beträchtlichen Summe Bargeldes auch einige schwarze Aktenordner.

Koschwitz zog die Akten aus dem Fach, setzte sich und legte den Ordner aufgeblättert vor sich auf den Tisch. Vor ihm breite sich eine Flut von vergilbten Zeitungsausschnitten aus. Er nahm den einen oder anderen Ausschnitt zur Hand und las ihn aufmerksam durch. Dabei verzog er seine Miene zu einem höhnischen Grinsen. Ja, dachte er, du bist eine Goldgrube, mein Schätzchen, und ich werde dir bald einen Besuch abstatten.

***

Klara blinzelte, die Sonne schickte ihre Strahlen durch die Jalousie. Sie drehte sich zur Seite. Neben ihr schnorchelte Swenson, eingerollt in die Decke, in sein Kissen. Mit einem teuflischen Lächeln im Gesicht schob sie ihre Hand unter sein Deckbett und streichelte dort mit dem Handrücken über seinen Bauch. Wie vom Blitz getroffen riss er die Augen auf.

»Na, mein Großer, bist du endlich wach?«

Swenson lupfte seine Decke, schaute an sich herab und meinte anzüglich: »Wach schon, aber von groß kann keine Rede sein.« Er beugte sich, die Arme rechts und links neben ihr aufgestützt, über sie und flüsterte: »Was nicht ist, kann ja noch werden.«

»Das glaube ich nicht«, sagte Klara lachend, strampelte sich frei und sprang aus dem Bett.

»Ich bin mir sicher, dass Püppie nicht so begeistert davon wäre, würden wir noch eine neue Runde drehen.« Sie neigte ihren Kopf in Richtung Wohnzimmer, wo hinter der Tür Püppie herzzerreißend jaulte.

»Du hast wie immer recht, mein Liebling. Ich sollte mit ihr eine Runde drehen.«

Er seufzte theatralisch und rollte mit den Augen.

»Los, los, raus mit euch«, scheuchte Klara Arved und Püppie hinaus. »Bringt Brötchen mit, ich mache Frühstück«, rief sie ihnen in den Flur hinterher.

Zufrieden mit sich im Allgemeinen und mit der Welt im Besonderen schlenderte sie ins Bad.

Nach einer ausgiebigen Dusche fühlte sie sich dem Tag gewachsen. Sie lugte in den Spiegel und sie erblickte ein seit sehr langer Zeit verloren geglaubtes Strahlen in ihren Augen. Ja unverkennbar, sie strahlte.

Da sie am Morgen keine weiteren Verpflichtungen auf ihrem Zettel hatte, entschied sie sich für Jeans und T-Shirt.

Es klingelte an der Haustür. Das müssen Arved und Püppie sein, dachte sie und drückte auf den Summer.

Wenige Minuten später wurde die Klingel an der Wohnungstür betätigt.

»Nein, ich mache nicht auf. Du hast einen Schlüssel«, rief sie, eilte aber doch zur Tür und öffnete.

In Sekundenbruchteilen verflog ihre gute Laune und Panik überkam sie.

So flott, wie sie die Eingangstür geöffnet hatte, so fix wollte sie diese wieder ins Schloss werfen. Leider ahnte ihr ungebetener Besucher dies und schob seinen Fuß in den Türspalt.

Klara trat automatisch zurück, verschränkte abweisend die Arme vor ihrem Körper und flüsterte: »Was wollen Sie?«

Der Besucher stützte sich mit beiden Armen rechts und links an den Pfosten ab, versperrte ihr den Fluchtweg.

Sie spürte, wie ihre Hände feucht wurden, und sie trat weiter in den Flur hinein.

»Wer sind Sie?«

»Das tut nichts zur Sache, aber ich will Ihnen einen Tipp geben. Walter Graf war ein guter alter Bekannter von mir.« Unwirsch setzte er hinzu: »Das muss reichen.«

Klara stand stocksteif in der Diele und suchte so unauffällig wie nur möglich einen Weg zur Flucht.

Gleichzeitig flehte sie im Stillen darum, dass Arved und Püppie vom Gassiegang zurückkamen.

Ohne viel Federlesen zu machen packte er sie am Arm und zerrte sie mit einem Ruck aus der Wohnung. Klara spürte etwas Hartes an ihrem Rücken. »Wage es ja nicht, zu brüllen«, flüsterte er ihr ins Ohr und schob sie die Stufen hinunter.

Ebenso leise, wie er sprach, fragte sie zurück: »Woher wissen Sie, wo ich bin?«

Er kicherte, bugsierte sie weiter zu seinem auf dem Parkplatz stehenden Auto und stieß sie auf den Beifahrersitz. Ehe sie sich versah, hatte er ihr eine Hand mit Handschellen an den Haltegriff im Auto gefesselt.

Nachdem er Gas gegeben hatte und auf die Fahrbahn gerollt war, antwortete er ihr.

»Ich beobachte dich und deinen Beschäler seit einer ganzen Weile. Als du heute früh nicht wie sonst gejoggt bist, habe ich eins und eins zusammengezählt.«

Klara war bei dem ordinären Wort ›Beschäler‹ innerlich zusammengefahren. Scham und Ärger zerrten an ihren Nerven und sie überlegte fieberhaft, was der Alte neben ihr als Nächstes mit ihr vorhatte. Sie war so sehr in Gedanken versunken, dass sie nicht darauf achtete, wohin er mit ihr fuhr. Umso erstaunter war sie, als er den Wagen vor ihrem Haus stoppte.

»So, mein Liebchen, und jetzt wirst du mir endlich verraten, wo dein Alter die Diamanten versteckt hat«, sagte er zu ihr und beugte sich über sie. An Händen und

Füßen gefesselt saß sie auf einem Stuhl mitten in ihrer Küche.

Trotzig hob sie ihren Kopf und spuckte ihm ins Gesicht. »Ich weiß es nicht«, schrie sie.

Er zog sein Einstecktuch aus der Brusttasche, wischte sich den Speichel ab, holte aus und Klaras Kopf flog zur Seite. Stechender Schmerz schoss durch sie hindurch und auf ihrem Gesicht und ihrer Wange zeigte ein roter Abdruck, wo er sie getroffen hatte.

»Tu das nie wieder«, zischte er. »Also, wo hast du den Krempel versteckt?« Er beschrieb mit der Hand einen Kreis. »Hier ist er jedenfalls nicht.«

Eiskalt durchfuhr Klara die Erkenntnis, dass er in ihre Wohnung eingedrungen war und diese durchwühlt hatte. Sie hob das Gesicht, Tränen schwammen in ihren Augen. Trotzdem funkelte sie ihn hasserfüllt an.

»Ich habe genug von deinen Spielchen«, sagte er und löste ihre Beinfesseln.

An den Armen gepackt schleifte er sie die Treppen hinunter zu den Abstellräumen.

Vor ihrem Verschlag nahm er ihr die Handschellen ab. »Los, schließ auf«, befahl er.

Klara zitterte am ganzen Leib. Ihren bebenden Fingern gelang es kaum, das Vorhängeschloss zu öffnen. Endlich hatte sie es geschafft.

Er gab ihr einen Stoß und sie stolperte in den winzigen, mit vollgestopften Regalen gefüllten Verschlag.

Schritte und fröhliches Hundegebell ertönten vom Hauseingang her.

Er drehte den Schlüssel im Schloss. Sie waren eingesperrt.

Sie hörte, wie ein Hund hektisch an der Sicherheitstür, die zu den Abstellräumen führte, kratzte.

Dann hörte sie Swensons Stimme, die fragte: »Püppie, was ist denn dort? Komm weg da.« Gleichzeitig zeigte ein leises Knacken an, dass die Klinke niedergedrückt worden war.

Erleichterung durchflutete Klara.

Swenson war gekommen, um nach ihr zu schauen. Weil sie sich nicht mehr in seiner Wohnung aufhielt, als er mit Püppie vom Spaziergang zurück war.

Sie gab einen Laut von sich.

»Wage es ja nicht.« Er presste seine Hand auf ihren Mund und drückte ihr eine Pistole an die Schläfe. Sie bebte. Klara überlegte, wenn sie das Wagnis einging, ihn in die Hand zu beißen, ob sie damit ihren Peiniger loswurde. Dann jedoch wurde ihr klar, dass sie durch so eine Aktion nicht nur sich, sondern auch Swenson in Gefahr brachte. Dieses Risiko wollte sie auf keinen Fall eingehen. Deshalb stand sie schweigend, steif und die Luft anhaltend, da und lauschte den vorbeigehenden Schritten.

»Glück gehabt«, zischte er und drängte sich an ihr vorbei. Ruckzuck hatte er aufgeschlossen und verschwand.

Vollkommen benommen stand Klara in ihrem Abstellraum und versuchte, die Situation zu verstehen.

Nichts wie nach oben, dachte sie. Aber ich brauche irgendeine Ablenkung, damit Swenson mir meine Lügengeschichte glaubt.

Sie durchsuchte die in den Regalen abgestellten Kisten. In den meisten waren nur Dinge, die sie nicht mehr brauchte, von denen sie sich aber nicht trennen mochte.

Auf dem obersten Brett fand sie einen Karton, an den sie sich nicht zu erinnern vermochte. Was ist da drinnen?, fragte sie sich. Kurzentschlossen schnappte sie ihn sich und schleppte ihn hinauf in ihre Wohnung.

»Mein Gott, wo bist du gewesen und was ist mit deinem Gesicht passiert?«, fragte Swenson, der eben im Begriff war, wieder zu gehen. Vorsichtig nahm er ihr Kinn und drehte ihr Gesicht zum Licht. »Was ist passiert?«

Ohne Worte drückte sie ihm die Schachtel in die Hand.

»Ich war im Abstellraum und habe nach dem hier gesucht«, erläuterte sie und deutete auf die Kiste.

»Im Abstellraum?«, zweifelte er. Sie trat an ihm vorbei ins Bad, um sich im Spiegel ihre Wange anzusehen. Noch immer den Kasten auf den Armen haltend folgte Swenson ihr. Er stellte die Kiste auf dem Boden ab und sagte: »Das musst du kühlen.« Und er setzte scherzhaft hinzu: »Sonst siehst du nachher aus wie Quasimodo.«

»Wie ist das passiert?«, fragte er neuerlich.

»Habe mich am Regal gestoßen, als ich den Kasten runterholen wollte«, nuschelte sie in ihren Waschlappen.

»Aha«, erwiderte er gedehnt. »Und das soll ich dir glauben?«

Klara nickte. »Es ist die Wahrheit«, log sie.

Swenson gab sich geschlagen. Er schulterte den Kasten, brachte ihn ins Wohnzimmer und stellte ihn auf dem Tisch ab.

Klara trat hinzu, hob den Deckel ab und staunte. Vor ihren Augen breitete sich ein kleiner Schatz aus. Sie nahm ein nach dem anderen angelaufenen Stück heraus und häufte sie auf dem Tisch auf. Am Ende hatte der Kasten ein altmodisches, schweres Besteck und Untertellerplatten für zwölf Personen beinhaltet.

Sie warf die Arme in die Luft und fragte resigniert: »Arved, was soll ich damit anstellen?«

»Verkaufen«, antwortete er lapidar. »Das scheint Silber zu sein! Dafür gibt es immer einen Markt. Du könntest es polieren und behalten«, gab er zu bedenken.

Missmutig musterte Klara den vor ihr liegenden Haufen Edelmetall.

Ein Gedanke schoss ihr durchs Hirn. Was, wenn der Typ tatsächlich etwas drüber wusste, dass ihre Eltern mit Juwelen und Edelmetallen gehandelt hatten? Sie sah Swenson nachdenklich an. Sollte sie ihm von ihrer Annahme erzählen oder lieber damit warten, bis sie sich sicher war?

Sie beschloss, vorerst den Mund zu halten.

16. Kapitel

Kommissar Seibt sah seine Mitarbeiter der Reihe nach an und war mit den Ermittlungsergebnissen im Fall Graf höchst unzufrieden. Es war aber auch zum Mäusemelken. Jede Spur verlief im Sande. Genauso wie im Fall Bruno. Dabei war er sich absolut sicher, dass beide Verbrechen in irgendeiner Form zusammenhingen. Er hatte nur noch nicht den gemeinsamen Nenner gefunden.

Irgendetwas mussten sein Team und er in den Akten ständig überlesen, das sagte ihm sein Kriminalistenbauch.

Er ließ sich an seinem Schreibtisch nieder und blätterte die alten Gerichtsakten durch.

So sehr er auch suchte, im Raubüberfall auf eine Bank, an dem Koschwiz beteiligt war, konnte er nichts finden. Außer der Notiz, dass Koschwiz seine Strafe in der JVA Naumburg verbüßt hatte.

Seibt zuckte zusammen. Moment mal, dachte er. Naumburg! Wo zum Geier hatte er diesen Anstaltsnamen schon einmal gelesen?

Naumburg? JVA Naumburg – aufgelöst, geschlossen, grübelte er nach. Und trotzdem, in seinem Hirn ratterten die Rädchen und der Name wollte ihm nicht aus dem Kopf gehen.

Seibt gab sich nicht geschlagen. Er setzte sich an seinen Rechner und machte sich auf die Suche.

***

Klara stand auf der Bühne und spulte ihr Programm ab. In den Pausen zwischen den einzelnen Titeln suchte sie das Publikum nach dem Mann von gestern ab. Sie fühlte sich unbehaglich. Einzig, dass Swenson heute am Bühnenrand stand und sie nicht aus den Augen ließ, gab ihr so etwas wie ein Gefühl der Sicherheit.

Nur erschwerte Arveds Anwesenheit ihr die Möglichkeit, ihren Plan auszuführen.

Swenson dagegen sah ihr beim Spielen zu und grübelte darüber nach, welchen Grund Klara hatte, ihn anzulügen. Er war sich sicher, dass sie sich nicht am Regal gestoßen hatte, sondern geschlagen worden war.

Zugleich ärgerte er sich über sich selbst. Denn wäre er rechtzeitig zur Stelle gewesen, dann wäre ihr das, dessen war er sich sicher, nicht passiert. Von jetzt an, nahm er sich vor, würde er Klara lückenlos überwachen.

Swenson guckte auf seine Armbanduhr. Kurz vor Mitternacht. Sie würde jeden Augenblick ihr Programm beenden. Er warf einen Geldschein auf den Tresen und begab sich auf den Weg zu ihrer Garderobe.

»Meine Damen und Herren«, hörte er ihre Abmoderation.

Als er den Gang zu den Wirtschaftsräumen entlang schritt, sah er schon von Weitem einen Mann vor ihrer Umkleide herumlungern.

Arved beschleunigte seinen Schritt und erreichte den Typ genau in dem Moment, als dieser in seine Hosentasche fasste und scheinbar eine Pistole zog. Mit einem Satz warf sich Swenson auf den Mann und schlug ihm die Faust ins Gesicht. Blut spritze aus seiner Nase und besudelte Arveds Hemd und Hand. Der Typ schrie entsetzt auf. Arved, die Hand zu einem weiteren Schlag erhoben, hielt inne. Da lag kein Mann vor ihm, sondern ein Bürschchen, und fuchtelte mit der einen Hand in der Luft herum, mit der anderen hielt er sich die Nase.

»Was ist hier los?«, rief hinter ihnen Klara. Sie eilte auf die beiden am Boden liegenden Männer zu.

»Arved, was tust du?«, schrie sie und hockte sich neben den Jungen.

Durch ihren Schrei von seinem Opfer abgelenkt, sah Swenson genauer hin. Die Pistole, die er gesehen hatte, entpuppte sich als mobiler Scanner mit Stift. Arved erhob sich und zog den Jungen mit sich in die Höhe.

Klara schob die beiden, ohne viel Federlesen zu machen, in ihren Raum.

Arved war zutiefst entsetzt über seine Überreaktion. Er entschuldigte sich zerknirscht und wortreich. Klara drückte ein Kühlpad, das sie aus dem Eisschrank geholt hatte, auf die geschwollene Nase.

»Was hatten Sie vor meiner Garderobe zu suchen?«, fragte sie.

»Ich komme vom Blumenhaus und sollte eine Lieferung abgeben, an Klara Martinek.«

»An mich?« Klara wunderte sich. »Und wo ist die Lieferung?«

»Die liegt auf dem Gang. Ich war gerade dabei, sie einscannen, als dieser Irre«, er neigte seinen Kopf zu Arved, »mich niedergeschlagen hat.«

Klara nickte in Swensons Richtung, der verstand den Hinweis und holte die Blumenschachtel herein.

Klara wollte den Deckel mit dem Blumenstraußmotiv von der Schachtel abheben. Gespannt, was für Blumen und von wem sie ihr geschickt worden waren, wollte sie nachsehen. Doch bevor sie die Schachtel richtig öffnete, nahm Arved sie ihr vorsichtig aus den Händen und stellte sie auf ihrem Schminktisch ab.

»Lass mich da zuerst reinschauen.« Er hob das Oberteil hoch und wollte es zur Seite legen. Ein Knall krachte los. Der Deckel wurde ihm aus den Händen gerissen. Durch die Explosion zerbarst der Spiegel, die Glassplitter flogen in alle Richtungen durch den Raum und blieben in Polstern und im Holzrahmen der Tür stecken. Klara ging instinktiv in Deckung. Mit den Händen verdeckte sie ihr Gesicht und Augen.

Die folgende Stille war ohrenbetäubend. Wie durch Watte drang Arveds Frage »Jemand verletzt?« zu ihr durch. Weder sie noch der Lieferant reagierten. Stattdessen erhob sie sich und fragte: »Was zum Teufel war das denn eben?«

»Die Blumen sind in die Luft geflogen und es ist vorbei«, sagte Swenson. Gleich darauf wurde die Tür auf-

177

gerissen und es drängten sich gleichzeitig mehrere Männer herein.

»Was war das?«, fragte einer von ihnen barsch und wies sich als Mitarbeiter der Security aus.

»Die Blumen sind explodiert«, stotterte Klara und wies mit dem Finger auf die letzten Blütenblätter, die durch die Luft zu Boden segelten.

Swenson trat auf Klara zu und musterte sie eingehend. »Bist du verletzt?«, fragte er besorgt.

»Ich nicht, aber du.« Sie nahm seine blutigen Hände in ihre. »Du musst in die Notaufnahme. Ich fahre«, sagte sie und ihre Stimme duldete keine Widerrede. Sie zog ein Frotteehandtuch vom Ständer und wickelte es vorsichtig um seine Verletzungen.

Der Sicherheitsangestellte sah sich den Blumenkarton näher an und fragte beiläufig: »Wo sind die Blumen her?«

»Die sind geliefert worden.«

»Aha. Von wem?«.

Klara und Arved antworteten wie aus einem Mund: »Von einem Lieferjungen.«

»Und wo bitte ist der?«

»Getürmt. Was sonst?«, erwiderte Arved und setzte hinzu: »Kein Wunder. Bei dem Tumult, der hier herrscht, hat keiner auf ihn geachtet.«

»Wir sollten davon absehen, die Polizei einzuschalten«, sagte der Security-Typ. Er kniff die Augen zusammen, wandte sich an Arved und setzte hinzu: »Da niemand ernsthaft zu Schaden gekommen ist, denke ich, dass es auch in ihrem Interesse ist.« Dabei zog er seine Augenbraue verschwörerisch in die Höhe.

Klara holte Luft. Arveds sah voraus, was sie plante und versetzte ihr einen sanften Tritt gegen das Schienbein und verhinderte, dass sie zu einer Schimpftirade ansetzte. Stattdessen brummte er gelassen.

»Klar, war nicht weiter schlimm.« Er hob zur Bestätigung seinen in Frottee gewickelten Arm.

»Nein, nicht wirklich verletzt, nur ein wenig geschnitten«, echote Klara giftig.

»Es wird Zeit!«, beendete sie die Diskussion, schob ihren Arm unter Arveds und bugsierte ihn und sich hinaus. Sie wandte sich im Gang um und rief mit vor Sarkasmus triefendem Ton dem Sicherheitsexperten zu: »Hoffentlich ist hier morgen alles aufgeräumt, wenn ich komme. Ich habe jetzt keine Zeit, mich darum zu kümmern. Schließlich muss ich meinen Freund ins Krankenhaus fahren, um seine so gut wie nicht vorhandenen Verletzungen versorgen zu lassen.«

***

Er saß an seinem Schreibtisch, blickte hinaus auf seinen Wirtschaftshof und dachte nach. Als einer seiner Angestellten den Kopf durch die Tür steckte, schreckte er hoch. Der Bleistift, den er zwischen den Fingern gedreht hatte, klackerte auf die Tischplatte.

»Wir sind dann weg. Bis morgen, Chef.« Malermeister Schunke winkte seinem Angestellten zu und signalisierte ihm, dass er ihn gehört hatte.

Es war wieder einmal Zahltag. Er wartete gespannt, ob Koschwiz auftauchen würde. Seine Frau war der Meinung, dass er endlich Anzeige erstatten sollte. Nachdem er ihr erzählt hatte, dass er als junger Mann, lange bevor er sie kannte, eine Gefängnisstrafe verbüßt hatte, war er über ihr Verständnis mehr als erstaunt gewesen. Und er begriff, dass sie ihn wahrhaftig liebte und nicht nur sein Geld, wie er es sich lange Jahre vorgestellt hatte.

Aber nun saß sie ihm im Nacken und drängte ihn, bei der Polizei Anzeige zu erstatten.

Lautes Hupen und Bremsenquietschen schallte vom Hof zu ihm herein. Koschwiz' Wagen bretterte auf den Hof – und er wusste Bescheid.

Er schloss sich in seinem Büro ein und wartete. Was würde Koschwiz tun? Würde er wegfahren, wegfahren und mit seinen Schlägern wiederkommen oder sich damit abfinden, dass er keine Angst mehr vor ihm hatte und sich nicht mehr erpressen ließ? Jetzt war Koschwiz am Zuge. Er saß gut sichtbar durchs Fenster an seinem Schreibtisch, hielt die Hände gefaltet und wartete gespannt ab. Das Smartphone lag griffbereit neben ihm.

Koschwiz stieg aus seinem Auto und lehnte sich lässig die Füße überkreuz dagegen und checkte die Lage. Seine Augen huschten umher. Er begriff, sie waren allein.

Schunke beobachtete, wie sich sein Kontrahent eine Zigarre anzündete. Grauer Rauch stieg in dicken Schwaden in die Luft und umkränzte Koschwiz' Kopf wie einen Heiligenschein. Unwillkürlich verzogen sich seine Lippen zu einem gehässigen Grinsen, als er vor seinem inneren Auge das Bild eines Engels mit Heiligenschein sah. Das Bild eines alten, hässlichen, bösen Engels. Satan persönlich.

Koschwiz stand da und rauchte, aber er unternahm keinen Versuch, ins Büro zu kommen. Ihm war bewusst, dass Schunke seine Vorkehrungen getroffen hatte. Schließlich hatte Koschwiz genug. Er warf die halb aufgerauchte Zigarre aufs Pflaster und trat sie mit einer Fußdrehung aus. Der Finger zum Gruß an seinen Hut gelegt stieg er in sein Auto und fuhr davon.

Als der Wagen aus Schunkes Sichtbereich verwunden war, lehnte er sich in seinem Bürosessel zurück. Seine Hände kribbelten. Er hatte sie so fest zusammengepresst, dass sich das Blut staute.

Schunke nahm sein Smartphone und wählte. »Kannst du mich abholen kommen?«, fragte er seine Frau und setzte hinzu: »Ich brauche jetzt einen Schnaps und dann bin ich nicht mehr in der Lage zu fahren.«

Nur eine halbe Stunde später fuhr seine Ehefrau mit ihrem Auto auf den Hof. Er trat aus der Tür und zwängte sich in das winzige Gefährt.

»Danke!«

Er beugte sich zu ihr hinüber, drückte ihr einen Kuss auf die Wange und verkündete: »Morgen früh gehe ich zur Polizei und erstatte Anzeige. Es wird Zeit, dem ein Ende zu setzen.«

Wortlos, in stillem Einvernehmen, drückte sie seine Hand, nickte und gab Gas.

17. Kapitel

Klara lag im Bett, leise schnarchte Arved neben ihr. In der Notaufnahme hatte man die größten Schnitte an seinen Händen genäht und den Rest desinfiziert und verpflastert.

Kaum, dass sie in seinem Apartment angekommen waren, war er im Bad verschwunden und kurz danach wieder ohne Verbände aufgetaucht.

»Ich brauche meine Hände«, hatte er genuschelte und dabei schief gegrinst. Die Nacht hatte gefühlt ewig gedauert und die Dämmerung zeigte sich als heller Streifen am Horizont, als sie endlich ins Bett fielen.

Klara fühlte sich wie zerschlagen. Zu viel war in den letzten Stunden geschehen. Ihre Gedanken kreisten unablässig und ließen sie nicht zur Ruhe kommen.

Warum zum Teufel wurde sie verfolgt? Die Antwort musste in ihrer Vergangenheit und der ihrer ermordeten Eltern liegen. Und Diamanten spielten dabei eine wichtige Rolle, dessen war sie sich zu einhundert Prozent sicher.

Sie beschloss, der Sache endlich auf den Grund zu gehen und sich auf die Suche zu machen. Zufrieden damit, sich endlich zu einer Entscheidung durchgerungen zu haben, drehte sie sich die Seite, zog sich die Decke bis an die Ohren hoch und schloss die Augen.

»Mach die Augen auf, du Langschläferin.«

Nur widerwillig reagierte Klara auf die Stimme von Swenson. Sie zog sich die Decke über den Kopf und knurrte ein schlichtes »Nein« darunter hervor.

Swenson lachte lauthals auf und lupfte ihre Decke. Der Duft von frisch gebrühtem Kaffee zog in ihre Nase. Klara schob das Deckbett von ihren Schultern und setzte sich erwartungsvoll auf. »Hm, Frühstück im Bett. Toll.«

Doch statt des mit Frühstück beladenen Tabletts auf dem Schoß wälzte sich Püppie auf ihr und gab zufrieden grunzende Laute von sich.

Arved dagegen grinste sie um die Ecke herum an und meinte: »Kaffee steht in der Küche auf dem Tisch. Wenn du welchen haben willst, musst du dich erheben.«

»Ja, ich mach ja schon. Bin doch kein Schnellzug«, maulte sie leise vor sich hin. Aber sie erhob sich und schlurfte, nur mit seiner Pyjamajacke bekleidet, zum gedeckten Tisch.

Swenson stand mit dem Rücken zu ihr am Herd und hantierte dort mit Pfanne und Eiern.

»Tut das nicht weh?«, fragte sie und wies mit dem Kinn auf seine Verletzungen.

»Hält sich in Grenzen. Habe schon Schlimmeres überlebt.«

Er drehte den Kopf zu ihr rüber. Sie saß die Beine untergeschlagen auf dem Stuhl und schlürfte den heißen Kaffee aus ihrem Pott.

»Ich muss sagen, meine Jacke sieht an dir viel sexier aus als an mir.«

Klara sah an sich herunter und grinste ihn schief von unten herauf an.

»Die Jacken sind sowieso nur für Frauen gemacht. Männer-Schlafanzüge werden geteilt. Hose für ihn, Jacke für sie – und außerdem habe ich nichts anderes hier«, setzte sie hinzu und jammerte weiter: »Und irgendetwas muss ich schließlich anziehen.«

Swenson trat mit der Pfanne in der Hand an den Tisch, beugte sich zu ihr herunter und schenkte ihr einen kleinen Kuss auf die Wange, während er dabei die Spiegeleier gekonnt auf ihren Teller gleiten ließ.

»Guten Morgen, Liebling«, schnurrte er und lächelte sie verschmitzt an.

»Mor-gähn«, erwiderte Klara, dabei kniff sie die Augen zusammen, spitzte die Lippen und neigte sich zu Swenson hinüber und verlangte: »Küsschen!«

Arved schmunzelte ergeben und beugte sich über den Tisch, um ihr den verlangten Kuss zu schenken.

Zärtlich legte er seine Hand in ihren Nacken, mit den Lippen berührte er ihren Mund so sanft, als würden Schmetterlingsflügel sie streifen.

Klara stöhnte leise. Sie strich mit ihren Händen über seine nackte Brust, ließ sie auf seinem Herzen ruhen. Sie erspürte die kräftigen und gleichmäßigen Schläge unter ihren Handflächen. Arveds Zunge streifte ihre Lippen, zart knabberte er mit den Zähnen an ihnen. Klara öffnete ihren Mund, um seiner suchenden Zunge Einlass zu gewähren. Sanft spielten sie miteinander.

Nur widerwillig lösten sie sich aus ihrer innigen Umarmung, aber Püppie war der Meinung, dass ihr mehr Aufmerksamkeiten zustünden, und gab herzzerreißende Jaultöne von sich.

Klara beugte sich zu dem inzwischen recht stattlichen Welpen herunter und kraulte ihm den Kopf und strich über die samtigen Schlappohren.

»Du Schlingel, aber wir sind auch schlimm. Vernachlässigen dich, wo du doch die Prinzessin bist«, gab sie sich schuldbewusst.

»Zur Versöhnung wird dein Herrchen nachher mit dir einen laaaaangen Spaziergang machen«, entschied sie und betonte dabei das ›lang‹ extra.

Swenson hob die Hand, um Klaras Redefluss zu stoppen, aber sie sagte mit Nachdruck: »Du mit deiner verletzten Hand bleibst heute Abend mit Püppie hier. Ich verspreche, sofort nach dem Gig nach Hause zu kommen.« Sie hob die Hand und schwor: »Großes Indianerehrenwort.«

Hinter ihrem Rücken überkreuzte sie die Finger ihrer anderen Hand, aber dass konnte Arved nicht sehen.

***

Es war gegen zehn Uhr am Morgen. Koschwiz war mit sich überaus zufrieden. In der letzten Nacht hatte er einen Plan ausgeklamüsert, wie er diesen Wichser von Malermeister in die Knie gehen lassen konnte. Er rasierte sich und summte dabei irgendeine Melodie.

»Autsch«, fluchte er und besah sich im Spiegel den Schnitt. Blut sickerte aus der winzigen Wunde, die dazu noch höllisch brannte. Er stutzte. Wieso zum Teufel sang er? Das tat er sonst nie. Sein Herz schlug heftiger und seine Handflächen schwitzten. Er war voller Tatendrang und summte vor sich hin. Ein Gedanke überfiel ihn. Was, wenn der Wichser tatsächlich zu den Bullen gegangen war? Na wenn schon, dachte er und tat seine Befürchtung mit einem Schulterzucken ab.

Er beendete seine Rasur und schlenderte in sein Zimmer. Eine der Pflegekräfte hatte am Fenster den Tisch für ihn gedeckt. Er rieb sich die Hände und wollte sich zum Frühstück niederlassen.

Es klopfte. Verärgert über die Störung rief er: »Einen Moment bitte.« Er erhob sich und setzte sich in seinen Rollstuhl. Schließlich musste er den gebrechlichen alten Mann für seine Besucher geben.

Erwartungsvoll öffnete er die Tür. Vor ihm standen zwei Männer. Sie hielten ihm Ausweise vor die Nase und stellten sich vor: »Mein Name ist Seibt, Landeskriminalamt, Abteilung MK, und das ist mein Kollege Wiedehopf. Dürfen wir hereinkommen?« Die beiden Beamten hatten ihren Satz noch nicht beendet, da flog die Tür vor ihrer Nase zu. Koschwiz rollte in die Mitte seines Zimmers und überlegte, wie er sich verdünnisieren könnte. Er hatte nicht mit der Umsicht der Polizisten gerechnet, denn er vernahm, wie ein Schlüssel im Schloss gedreht wurde, und er sah sich den zwei Männern gegenüber. »Wir wollen, dass sie uns zu einer Befragung in einem bestimmten Sachverhalt aufs Revier begleiten«, beendete Seibt seinen Satz, bevor ihm die Tür vor der Nase zugeschlagen wurde.

Koschwiz erbleichte und schüttelte mit dem Kopf. Dann drehte er sich mit seinem Rolli und fuhr mit Karacho dem Polizisten in die Beine. Der verlor den Halt, flog nach vorne und landete auf Koschwiz.

Der nutzte die Situation aus und brüllte aus Leibeskräften. »Hilfe!«

Sofort kamen Schwestern und Pfleger, sich gegenseitig anrempelnd, angestürzt.

Seibt stand die Arme vor der Brust verschränkt in der Mitte des Zimmers und betrachtete das sich vor seinen Augen abspielende Tohuwabohu. Er kam sich vor, als sei er in einer Screwballkomödie gelandet, wo alles und jeder durcheinanderwirbelte.

Schließlich hatte er genug. »Ruhe!«, donnerte er.

Erschrocken hielten die Betreuer inne, ihren Patienten der Polizei entreißen zu wollen.

Klack, klack, die Handschellen schlossen sich um Koschwiz Handgelenke.

»Herr Koschwiz, sie sind hiermit vorläufig festgenommen, weil sie sich der Vernehmung durch die Polizei zu einem Sachverhalt durch Fluchtversuch entziehen wollten.«

Koschwiz bleckte wütend die Zähne und zischte: »Das wird dir noch leidtun, Bulle.«

Der Kommissar ignorierte das Geschrei, griff zwischen die Handschellenringe und zog mit einem Ruck

Koschwiz aus dem Rollstuhl. Koschwiz stand vor aller Augen auf seinen eigenen Füßen. Den Anwesenden fielen die Kinnladen herunter. Und Seibt sagte grinsend zu seinem Partner: »Ich hatte so eine Ahnung.« Koschwiz ging in die Knie, doch der erfahrene Polizist ließ sich nicht beirren und ging einfach weiter. Wohl oder übel musste Koschwiz ihm auf seinen Füßen folgen, wollte er nicht durchs Haus geschleift werden.

»Geht doch.« Seibt schmunzelte zufrieden.

Auf dem Revier angekommen landete Koschwiz in einer Arrestzelle.

»Den lassen wir eine Weile schmoren«, sagte Seibt zu Wiedehopf und rieb sich zufrieden die Hände.

»Ich habe so ein Bauchgefühl«, setzte er fort, »dass der mehr Dreck am Stecken hat, als uns der Malermeister erzählt hat.«

***

Klara schob die Musiktasche auf die Rückbank ihres Autos. Sie setzte sich hinter das Lenkrad und gab Gas.

Vorsichtig fuhr sie die schmale Straße entlang. Manchmal torkelten um diese Zeit noch Nachtschwärmer durch die Gassen. Ihr Auftritt im Hotel war gelaufen, langsam bekam sie Routine. Sie lächelte in sich hinein, während sie sich an Inverness erinnerte.

Sie hatte Swenson vorgemacht, Anfängerin am Saxophon zu sein und sich dann selbst Lügen gestraft, als in dem kleinen Musikgeschäft die Pferde mit ihr durchge-

188

gangen waren. Sehnsüchtig dachte sie an das rote Sax, auf dem sie spielen durfte und natürlich gezeigt hatte, was sie wirklich konnte. Swenson war sprachlos gewesen.

Klaras Fuß rutschte auf die Bremse, die sie voll durchtrat. Das Auto schlingerte und stand.

Vor ihr eröffnete sich die Allee wie ein schwarzer Schlund, der zur Villa führte. Ihr Herz klopfte wild in der Brust. Im spärlichen Licht der Scheinwerfer sah sie die Straße mit den Bäumen rechts und links am Straßenrand. Waren die damals, als sie auf der Rückbank gekniet und zurückgesehen hatte, auch schon so hoch gewesen, dass ihre Kronen ein Dach bildeten?

Klara rieb sich über die Arme. Sie fröstelte. Ein Geruch nach nassem Qualm stieg in ihr auf.

Sie schüttelte den Kopf und kletterte aus dem Auto. Nein. Sie atmete bewusst langsam und tief ein und aus. Genauso, wie es ihr die Therapeutin, die sie nach dem Brand behandelte, gelehrt hatte.

Atme, hörte sie ihre Stimme in sich.

Klara atmete, ans Auto gelehnt, und starrte in die Dunkelheit vor sich. In ihrem Kopf diskutierte sie mit sich und ihrer Angst. Seit ihrer Kindheit war sie nie wieder dort gewesen. Selbst als letztens Swenson mit ihr die Villa besuchen wollte, hatte sie gemauert. Sie lächelte, als sie an Swenson dachte. Er gab ihr Sicherheit, trotz seines anfänglichen Misstrauens ihr gegenüber. Trotzdem hatte Sie sich in ihn verliebt.

Natürlich hätte sie ihn einweihen können, aber eine Stimme in ihrem Inneren sagte ihr: »Das musst du al-

189

lein durchstehen, sonst schaffst du es nie, dich deiner Erinnerung zu stellen.«

Klara schulterte die Musiktasche und stapfte durch die Finsternis auf das verfallene Gebäude zu.

Die eingebaute Taschenlampenfunktion in ihrem Smartphone spendete spärliches Licht. Klara tastete sich, mehr rutschend als gehend, vorwärts. In der Luft hing ein muffiger Geruch. Feucht, nicht staubig-trocken.

Sie kletterte durch ein Fenster, dessen Flügel in den Angeln hingen und nur noch von einem rostigen Nagel gehalten wurden. Klara stand in einem hohen Raum. Sie beleuchtet die Wände. Schwarz verkohlt, hier und da hingen Tapetenfetzen herunter. Sie erinnerte sich, dass dies die Eingangshalle gewesen sein musste. Vorsichtig stieg sie um heruntergefallenes Geröll herum. Sie stand vor der ehemals breiten geschwungenen Treppe, die nach oben ins Obergeschoß führte, jetzt war freilich nur noch ein Skelett übrig. Klara rüttelte am Handlauf. Sie spürte, wie sich die Befestigung unter ihrer Hand von der Wand löste.

Klara wandte sich ab. Auf keinen Fall würde sie diese löchrige Stiege nach oben klettern.

Sie drehte sich langsam im Kreis herum und leuchtete noch einmal die gesamte Halle ab. Hier, in diesem Teil des Hauses, würde sie nichts finden, was findenswert wäre.

Sie kletterte auf demselben Weg, den sie hereingekommen war, wieder nach draußen.

Über ihr wölbte sich ein sternenklarer Nachthimmel. Sie befand sich weit genug von der Stadt entfernt, dass die Lichter der Großstadt keinen Einfluss mehr hatten. Stille um sie herum. Fast absolute gespenstische Stille. Klara stand in der Nacht und genoss die Ruhe um sich herum. Leise summte sie ein Lied, das sie am Abend gespielt hatte.

Der ferne Schrei eines Fuchses, dieses schrille Fauchen, riss sie aus ihrer Versunkenheit.

Suchend umrundete sie das eingestürzte und rußgeschwärzte Gebäude, dessen verfallende Wände gespenstisch in die Nacht ragten. An der Rückseite entdeckte sie eine Treppe. Schritt für Schritt tastete sie sich die wenigen Stufen hinunter. Müll und heruntergefallenes Geröll versperrten ihr den Weg. Sie legte ihr Smartphone ab und machte sich daran, im Schein der Funzel die Stufen vor sich freizuräumen. Schweiß rollte ihre Stirn hinab und brannte in ihren Augen.

Sie stand vor einer einen Spalt offenstehenden, eisernen Tür. Klara umfasste das Türblatt mit beiden Händen und zog. Nichts bewegte sich. Kalte abgestandene Luft streifte ihre Haut. Neugierig griff sie fester zu und zog mit aller Kraft, die sie aufbieten konnte. Die Angeln quietschten schrill. Das Blatt bewegte sich einige Zentimeter. Klara versuchte, sich hindurchzuquetschen. Sie schob sich in die entstandene Öffnung zwischen Wand und Tür. Und drückte dagegen. Schrill, als würde das Haus protestieren, vergrößerte sich der Eingang.

Vor ihr eröffnete sich ein Raum. Der Keller. Klara nahm ihr Telefon und leuchtete hinein. Entgegen dem, was sie erwartet hatte, lagen hier keine abgebrochenen Mauerreste auf dem Boden. Im Gegenteil, es war aufgeräumt. Sie sah sich um. Von der Decke baumelte eine Leuchtstoffröhre herunter. Deckenhohe Kellerregale standen an den Wänden aufgereiht. Sie waren mit allerlei Kästen, Kartons und Kanistern gefüllt. Die Regale hatten den Raum während des Brandes und in den Jahren danach vor dem Einsturz bewahrt. Klara schritt die Reihen ab, zog hier und da eine Kiste oder einen Kasten heraus und besah sich deren Inhalt. Die meisten enthielten alte Akten und Papiere. Sie entschloss sich, diejenigen, die ihr interessant erschienen, mitzunehmen. Sie trug eine nach der anderen hinauf auf den Hof und stapelte auf. Sie betrachtete sich den Haufen vor ihrem Wagen und rechnete durch, wie viele sie davon auf einmal transportieren könnte.

Als sie von draußen zurück in den Kellerraum kam, nahm sie ein leises Knirschen wahr. Einige der Regale hatten sich verschoben und standen schräg. Klara entschloss sich, sich nur noch die Plastikkanister anzuschauen. Sie zog einen, der verstaubt im hintersten Regal stand, heraus.

Er war schwer und mit einer Flüssigkeit gefüllt, die darin herum schwankte. Sie bewegte den Behälter hin und her. Irgendetwas klirrte leise darin.

Plötzlich, noch während Klara in der Mitte des Raumes stand, gaben die Regale nach und rutschten wie

Dominosteine eins nach dem anderen nach vorn. Sie schaffte es, zur Seite zu springen und die Hände über den Kopf zu reißen, als sich über ihr die Decke senkte. Während Brocken von Steinen, Balken und Beton mit Getöse auf sie herabstürzten.

Am ganzen Leibe bebend hockte sie in der hintersten Ecke. Das Regal, aus welchem sie den Kanister gezogen hatte, lag schräg über ihr. Es hatte sie davor bewahrt, erschlagen zu werden.

Klara wartete, zitternd vor Schreck, bis sich der Mörtelstaub gelegt hatte. Sie hustete, der Staub raubte ihr die Luft zum Atmen. Als es wieder ruhig war, nahm sie die Hände herunter. Es war stockfinster um sie herum. Sie tastete nach ihrem Smartphone, nichts. Ihre Hände griffen ins Leere. Kein Licht. Schmerz durchfuhr sie. Ihr Arm und ihr Bein brannten. Sie spürte Feuchtigkeit an ihrem Bein. Wie ein Blitz durchfuhr sie die Erkenntnis: Sie war eingeklemmt und verschüttet in dieser Ruine.

18. Kapitel

Swenson schaute zur Uhr. Wo bleibt Klara, fragte er sich. Allmählich sorgte er sich um sie. Seit über einer Stunde hätte sie zurück sein müssen. Selbst wenn er bedachte, dass sie eventuell aufgehalten worden war. Unruhig wanderte er auf und ab.

Püppie lag auf dem Sofa und schaute ihn fragend an.

»Ich weiß nicht, wo sie bleibt«, sagte er zu der Hündin. Püppie gab einen Seufzer von sich und legte den Kopf auf ihre Pfoten und schnaufte missbilligend.

Er setzte sich neben das Tier und streichelte gedankenverloren seinen Kopf. Warten, darin war er noch nie richtig gut. Als erhob er sich und nahm seine Wanderung wieder auf. Drei Schritte bis zur Tür und drei weitere zurück bis zur Couch. Hin und her. Immer im Kreis. Zwischendurch ein Blick zur Uhr und aufs Handy, sie könnte ja angerufen haben. Verdammt, wo blieb sie? Er setzte sich, sprang aber sofort wieder auf. Wieder der Blick zur Uhr, eine Minute war verstrichen. So, wie alle Minuten vorher.

»Ich warte noch fünf Minuten«, sagte er zu sich selbst. »Dann mache ich mich auf die Suche.«

»Andererseits«, redete er sich ein. »Sie ist erwachsen und weiß, was sie tut. Vielleicht hat sie jemanden getroffen, den sie von früher kennt, und trinkt noch etwas mit ihm.« Also warten, noch war sie erst eine, fast zwei Stunden überfällig, wie er nach einem weiteren Blick zur Uhr feststellte.

Was, wenn der Stalker sie erwischt hatte? Der Gedanke nistete sich in seinem Kopf ein. Wenn sie in Gefahr war und es ihr unmöglich blieb, sich zu melden?

»Komm, Püppie«, rief er. »Wir stiefeln los, Klara suchen.«

Im Flur wedelte er mit Püppies Hundeleine. Wie der Blitz hüpfte die Hündin vom Sofa und rannte schwanzwedelnd auf ihn zu.

Er fuhr mit Püppie auf dem Rücksitz zuerst zum Hotel. Der Parkplatz der Nobelherberge war beleuchtet. Unmöglich für Diebe, hier auf Beutezug zu gehen. Eine Schranke versperrte die Ein- und die Ausfahrt. Der ganze Platz war mit Betonpollern umrundet. Als er ausstieg, bemerkte er, dass Klara ihr Auto hier nicht abgestellt zu haben schien. Püppie, die im Fond saß, winselte.

Mit dem Hund an der Leine betrat Swenson das Foyer. Die Hündin hob die Nase in die Luft und schnüffelte und zog Swenson zu dem auf einem Podest stehenden Flügel. Er hatte Mühe, ihr zu folgen. Begeistert schnupperte Püppie sich um den Flügel herum und verharrte vor einem einsamen Mikrofon.

»Es tut mir leid, aber Hunde sind in diesem Hotel nicht gestattet.« Erstaunt musterte Swenson den vor ihm stehenden Pagen, dem seine Aufgabe, einen Gast zu maßregeln, sichtlich peinlich war. Swenson räusperte sich, ehe er dem Mann vor sich antwortete: »Es tut mir leid, ich bin kein Gast, sondern wir sind«, sagte er und kraulte dabei Püppies lange Ohren, »auf der Suche nach unserer Freundin.«

»Aha.« Der Page nickte und eine Augenbraue schnellte vielsagend in die Höhe, als wolle er Swenson zu verstehen geben, dass er diese Sätze zur Genüge kannte. Er schnalzte mit der Zunge und fragte: »Und wer ist die ... diese Freundin?«

Arved konnte es dem Pagen nicht verdenken, dass er so blasiert reagierte. Da spazierte mitten in der Nacht ein unrasierter, ungekämmter, mit Jeans und einem labbrigen T-Shirt bekleideter Mann mit Hund an der Leine in sein nobles Hotel und fragte nach einer Freundin.

Swenson schluckte und erklärte: »Ihr Name ist Klara, Klara Martinek.«

»Ach, das Sax!«, rief der Mann und fügte, nachdem er sich durch einen Blick auf seine Armbanduhr vergewissert hatte, hinzu: »Die ist schon seit einer halben Ewigkeit weg.«

»Komm, Püppie.« Arved hob den Arm zum Gruß und verließ das Hotel. Dabei murmelte er: »Hätte ich mir denken können.«

Er setzte sich hinters Steuer, rieb sich mit der Hand über die Bartstoppeln am Kinn und überdachte seine Möglichkeiten. Püppie auf der Rückbank jaulte leise. Er wandte sich an den Hund, der ihn aus seinen großen braunen Augen seelenvoll anstarrte.

»Guck mich nicht so an. Ich habe auch keine Ahnung, wo sie steckt.«

***

Klara stöhnte. Die Schmerzen in ihrem Arm wurden allmählich unerträglich. Aber noch mehr Sorgen bereitete ihr ihr unter dem Regal eingeklemmtes Bein. Das spürte sie nämlich nicht. Außerdem wurde ihr bewusst, dass sie am Abend versäumt hatte zu essen.

»Shit«, fluchte sie. Sie schätzte, dass sich ihr Blutzuckerspiegel inzwischen auf Meeresbodenhöhe befand. Wenn sie nicht bald hier herauskam, würde sie bewusstlos werden, was ihre Chancen zu überleben blitzartig in den Keller schießen ließ. Sie musste bei diesem Gedanken unwillkürlich lachen, als sie dachte: Macht nichts, ich bin schon im Keller. Sie grübelte darüber nach, wie viel Zeit inzwischen vergangen war. Von ihrer Ecke aus bemerkte sie, wie die Deckenfarbe sichtbar wurde. Sie war hell gestrichen. Also schlussfolgerte sie, dass es draußen allmählich Tag wurde. Stunden mussten vergangen sein, seit sie hier eingeklemmt saß.

Sie entschloss sich, nicht länger untätig zu bleiben. Sie dachte angestrengt darüber nach, welche Möglichkeiten ihr blieben, um auf sich aufmerksam zu machen. Mit einem Mal spürte sie das Gigbag mit dem Saxophon darin auf ihrem Rücken.

Sie angelte mit ihrem unverletzten Arm hinüber zur anderen Seite ihres Körpers und schob sich den Träger von der Schulter. Das Bag hinter ihr rutschte zur Seite. Schweiß lief in kleinen Tropfen über ihr Gesicht. Sie biss die Zähne so fest aufeinander, dass diese knirschten. Ihr Kiefer schmerzte. Sie hatte das Gefühl, ihren Mund nie wieder ohne Beschwerden öffnen zu können.

Sie fluchte, nicht leise, sondern laut. Sehr laut. Insgeheim staunte sie darüber, wie viele verbotene Worte ihr ein fielen. Da war »Fuck« noch als harmlos einzuordnen.

Sie wandte und drehte ihren Oberkörper, um das Bag abzuschütteln und neben sich rutschen zu lassen.

Endlich. Nach einer gefühlten Ewigkeit, unzähligen Flüchen und Schmerzen lag die Tasche neben ihr. Sie lehnte sich mit geschlossenen Augen an.

»Erst mal durchatmen«, ermahnte sie sich. Klara gönnte sich die kleine Pause, um ihrer Schwäche Herr zu werden und die nächsten Schritte zu überdenken, die nötig waren, um das Instrument aus dem Futteral zu fingern. Je länger sie so angelehnt nachdachte, desto mulmiger wurde ihr. Sie sah Schlieren und ab und zu wurde ihr schwarz vor Augen. Ihr Magen knurrte schon lange nicht mehr. Und in ihrem Mund schmeckte sie Staub. Sie nahm ihre letzten Kräfte zusammen, beugte sich vor, fand den Reißverschluss und zog ihn auf. Sie hob den Deckel und spähte im spärlichen Licht hinein. Ihr Herz zog sich beim Anblick des Instruments zusammen. Das Sax wies einige unschöne Beulen auf. Federn zum Bewegen der Klappen ragten ins Gestänge. Sie wusste, dass eine Reparatur fast unmöglich war. Sie würde einfach zu teuer werden. Tränen sammelten sich in ihren Augen. Sie wischte sich über die Augen. Entschlossen nahm sie den S-Bogen heraus und setzte ihn an den Mund. Sie spitzte die Lippen und blies hinein. Doch anstatt eines lauten schrillen Tons war nur ein schwaches Pfeifen zu vernehmen. Klara holte Luft, blies die Backen auf, setzte den gebogenen Hals des Saxes an die Lippen und blies aus Leibeskräften hinein. Es erklang ein schriller Ton. Noch einmal und noch einmal wiederholte sie diese Prozedur. Pusten – lauschen, pusten – lauschen.

Sie bekam Kopfschmerzen und Durst. Ihr Mund war völlig ausgetrocknet. Es fiel ihr schwer, Töne zu erzeugen. Durch den Druck, den sie mit ihren Gesichtsmuskeln ausübte, wurde ihr schwummrig. Beim Blasen schloss sie die Augen, sonst war sie nicht in der Lage, den nötigen Luftdruck zu erzeugen, um überhaupt noch Töne, und seien es nur Piepser, hervorzubringen. Der Schmerz hinter ihrer Stirn raubte ihr die letzten Kräfte. Ihre Muskeln zitterten und schüttelten sie wahrlich durch. Die Zunge klebte ihr am Gaumen und in ihren Ohren hörte sie ein schrilles Pfeifen. Ihre Schulter brüllte vor Schmerz und ihr Bein spürte sie nicht mehr. Sie schloss die Augen und kippte zur Seite.

***

Arved parkte immer noch auf dem Platz vor dem Hotel. Von Osten her übers Meer verloren die Sterne ihre Strahlkraft. Der Himmel wurde heller. Die Nacht ging. Der

Tag kam. Er blickte auf seine Uhr. Klara war seit sechs Stunden überfällig. Er zog sein Smartphone hervor und checkte seine Anrufsliste. Nichts. Sie hatte auf keinen seiner Anrufe reagiert. Hinter ihm gähnte Püppie.

»Prima. Hast du gut geschlafen? Wenigstens geht's einem von uns gut«, witzelte Swenson. Er stieg aus und öffnete die hintere Autotür. Wie ein Blitz sprang Püppie heraus und verschwand hinter dem nächsten Busch. Wenig später kam sie angetollt und kletterte auf ihren angestammten Platz. Sie setzte sich aufrecht hin, als wolle sie ihm mitteilen: ›Ich bin soweit, es kann losgehen.‹

Swenson schob sich hinters Lenkrad, drehte sich um und sagte zu ihr: »Es wird das Beste sein, ich bringe dich nach Hause und fahre von dort aus zur Polizei. Ich bin mir sicher, dass ihr was Schlimmes geschehen ist. Mein Bauch behauptet das schon seit Stunden.« Püppie winselte leise, als hätte sie jedes Wort von Arved verstanden und als teile sie seine Angst.

In der heraufziehenden Morgendämmerung fuhr Swenson vom Parkplatz und lenkte den Wagen zur Chaussee, die hinter den Neubaugebieten durch die kleinen Ortschaften zur Stadt führte.

Als er am Kreisel nach Lütten-Klein ankam, lenkte er rein mechanisch nach rechts anstatt nach links. Vor ihm lag die Allee, die zum Grundstück von Klaras Eltern führte. Einzelne Sonnenstrahlen belebten seinen Weg. Aus der Düsternis erstreckte sich ein sonnenüberfluteter Weg. In seinem Inneren wusste Swenson, dass er das Richtige tat. Nach wenigen Kilometern erreichte er das verwilderte Gelände. Neben der Toreinfahrt stand Klaras Auto. Daneben die von ihr aufgestapelten Kartons.

Arved fiel ein Stein vom Herzen. Sie war hier, sie musste hier irgendwo sein. Püppie sprang aufgeregt auf der Rückbank herum und kläffte das hohe für junge Hunde typische Bellen, das sie nur bei Klara hören ließ.

»Ist, ja gut. Ich mache ja schon«, beschwichtigte Arved den aufgeregten Hund, der seine Schnauze durch den Fensterspalt geschoben hatte. Kaum war die Autotür offen, stürmte Püppie, die Nase auf dem Boden, wie der Blitz zur Bauruine. Swenson rannte hinter dem Tier her.

Der Hund flitzte zuerst ins Gebäude, lief dort die ehemals große Halle ab. Er folgte Klaras Spur. Arved konnte nur von der Ferne beobachten, wie sie sich durch das Gemäuer bewegte. Als er sich anschickte, die Ruine zu betreten, huschte Püppie an ihm vorbei hinaus und um das Haus herum. Eilig folgte er ihr und rief Klaras Namen, in der Hoffnung, sie würde sich melden.

Vor einem Haufen Geröll blieb er stehen. Püppies Schwanz verschwand vor seinen Augen in einer Lücke zwischen den Steinen und Balken. Arved kniete nieder. Vorsichtig robbte er vorwärts. Von drinnen hörte er das hohe Winseln des Hundes. Püppie musste Klara gefunden haben. Er rief ihren Namen. Doch statt ihr antwortete der Hund mit einem schrillen Heulen.

Swenson kletterte über den am Fuße der Treppe liegenden Schutt. Ein Balken hatte sich im Rahmen der Tür verkeilt. Er stemmte sich dagegen und drückte das

Holz mit seinem Rücken nach oben. Sodass das Kantholz sich aus der Verankerung löste und den Weg ins Innere frei gab.

Drinnen war es schummrig. Swenson kniff die Augen zusammen, um seine Umgebung besser fokussieren zu können.

Da lag sie. Püppie stupste sie mit ihrer Pfote an und leckte ihr das Gesicht. Swenson schob den Hund zur Seite und hockte sich neben sie. Er legte ihr die Finger seitlich an den Hals. Leise spürte er ihre Halsschlagader pulsieren.

»Klara!« Er umfasste ihre Schulter und schüttelte sie vorsichtig. Nichts. Klara reagierte nicht. Püppie schnüffelte an Klaras Gesicht und jaulte und schubste sie mit der Nase. Swenson beugte sich näher über sie und nahm einen süßlichen, nach verdorbenem Obste riechenden Geruch wahr. Panik erfasste ihn. Er erhob sich, wandte sich mit dem Befehl »Du bleibst hier« an Püppie und stolperte nach draußen. Noch während er die Treppen hochkletterte und sich durch den Schutt davor gewälzt hatte, holte er sein Smartphone hervor und wählte 112.

Nur wenige Minuten später fuhren die Feuerwehr mit ihren Bergungsfahrzeugen und ein Notfallwagen mit einem Notarzt an Bord auf das Gelände der Villa.

Nachdem er den Anruf getätigt hatte, war Swenson zu Klara zurückgegangen und hatte sie mit der Rettungsdecke aus seinem Erste Hilfekasten aus dem Auto zugedeckt.

Draußen war das Martinshorn zu hören. Swenson schrie aus Leibeskräften: »Hier! Kommen Sie hierher.«

Er hatte sich auf den Boden gesetzt und Klaras Kopf auf seinen Schoß gebettet. Seine Finger lagen an ihrem Hals.

Nur wenige Momente später steckte der erste Feuerwehrmann seinen Kopf durch den Türeingang und zog sich, nachdem er sich mit einem rundum Check einen Eindruck verschafft hatte, wieder zurück. Gleich nach ihm drängten sich zwei weitere Leute hinein. Einer von ihnen kniete sich bei ihr sofort nieder und machte sich an ihrem Arm zu schaffen, der andere überprüfte mit dem Stethoskop ihren Herzschlag und Atmung. Der Notarzt sagte: »Sie bekommt jetzt eine Infusion angelegt und darin ist auch ein Schmerzmittel, sodass wir sie transportieren können.«

Arved hielt während der gesamten Prozedur ihren Kopf auf seinem Schoß gebettet.

Von draußen konnte er hören, wie der Eingang freigeräumt wurde. Er wurde zunehmend heller.

Und plötzlich wimmelte es von Menschen im Keller. Mit vereinten Kräften hoben die Männer das umgestürzte Regal von Klaras Beinen, während die Feuerwehrleute provisorische Streben zwischen Boden und Decken verschraubten, um ein weiteres Einstürzen zu verhindern. Klara wurde auf die Trage gelegt und aus dem Keller zum Krankenwagen gebracht.

Swenson wandte sich an einen der Mediziner und fragte: »Wo bringen Sie sie hin?«

»Uniklinik«, war die knappe Antwort des Notfallmediziners. Dann stieg er hinten bei Klara ein und das Auto rollte vom Hof. Püppie drückte sich leise winselnd an Swensons Bein. Geistesabwesend streichelte er den Hund und beide sahen dem davonfahrenden Auto nach.

19. Kapitel

Klaras Augenlider flatterten. Piep, piep, piep-piep-piep – nervig, dachte sie und öffnete einen Spalt breit ihre Lider, um diese sofort wieder zusammenzukneifen. Das gleißende Licht stach ihr in die Augen.

»Hallo Prinzessin«, drang eine warme Stimme an ihr Ohr. Sie atmete auf. Arved! Arved war bei ihr. Alles war gut.

Swenson saß seit Stunden an ihrem Bett und hielt ihre wachsweiße Hand.

Nachdem Klara aus dem eingestürzten Keller gerettet und ins Krankenhaus gebracht worden war, war er zuerst in seine Wohnung gefahren, um sich umzuziehen und Püppie sicher unterzubringen. Danach hatte er sich in die Klinik begeben, um dort im Warteraum Kilometer um Kilometer abzulaufen, bis er endlich zu ihr ins Zimmer durfte.

Erschrocken registrierte er, als er eintrat, die vielen Schläuche, die an ihrem Körper angebracht waren und unter der Bettdecke zum Vorschein kamen.

Klara selbst lag lang ausgestreckt unter ihrer Decke, hatte die Augen geschlossen und nur das nervtötende Piepsen des Monitors, der ihren Herzschlag überwachte, zeigte ihm, dass sie lebte.

Er zog sich einen Stuhl ans Bett und ließ sich nieder. Vorsichtig nahm er ihre kleine Hand in seine große. Der Monitor gab hektisches Piepsen von sich. Sie schien seine Berührung und seine Nähe zu spüren, wachte aber nicht auf. Dann beruhigte sie sich. Und Swensons Warten ging in die zweite Runde. Hin und wieder betrat eine Schwester das Zimmer, kontrollierte die Infusionen oder kümmerte sich in anderer Weise um ihre Patientin. In diesen wenigen Momenten, wo er aus dem Raum geschickt wurde, nutzte er die Zeit, um sich aus der Kantine einen Kaffee zu besorgen und um Dede ins Bild zu setzen.

»Wo bin ich?«

Klara drehte ihren Kopf zu Swenson und sah ihn an.

»Gott sei Dank«, stöhnte er erleichtert auf. »Im Krankenhaus.« Er beugte sich über sie und streichelte ihr zärtlich über die Wangen. »Wie geht es dir?«

Sie schmulte an sich herunter und erwiderte: »Keine Ahnung. Sag du es mir.«

»Wir haben dich in der Villa gefunden. Du warst bewusstlos.«

»Aha.« Klara nickte, um gleich darauf das Gesicht zu einer schmerzvollen Miene zu verziehen. »Autsch.«

»Vorsicht.« Arved war aufgesprungen und legte seine Hände an ihren Körper, um sie an unvorsichtigen Bewegungen zu hindern.

»Du hast dir das Bein gequetscht und die Schulter gebrochen.«

Er langte nach dem Rufknopf, der sich neben ihrem Kopf befand, und drückte ihn.

»Ich rufe die Schwester. Du brauchst bestimmt eine weitere Dosis. Was hast du bloß in dem verfallenen Gebäude gesucht?«, platzte er heraus.

Sie öffnete den Mund, um zu antworten, als die Zimmertür aufgestoßen wurde und Dede mit einem »Das ist sie ja wieder« herein segelte.

Dede stürmte auf ihre Freundin zu und versuchte sie zu umarmen. Mit knapper Not gelang es Arved, sie zu bremsen.

Dede errötete und setzte sich vorsichtig zu Klara aufs Bett.

»Was stellst du nur für Sachen an«, zwitscherte sie und tätschelte Klaras Hand. Noch ehe diese es vermochte sich aufzuraffen, um zu antworten, sagte sie: »Na ja, egal.« Sie winkte ab und setzte hinzu: »Jetzt bist du gerettet und wir werden uns um dich kümmern. Wenn du hier raus darfst, ziehst du zu uns in die Mühle.«

Swenson runzelte missmutig die Stirn und Klara verdrehte die Augen. Ohne Punkt und Komma redete sie weiter. »Du musst dich ausruhen und du glaubst ja gar nicht, wie sehr sich Hebe gefreut hat, als ich ihr erzählte, dass du bald für ganz lange Zeit bei uns wohnst.«

Erschlagen von Dedes Aufmerksamkeit sank Klara in die Kissen und schloss ergeben die Augen.

»Die Patientin braucht Ruhe. Das Beste wird sein, sie gehen jetzt«, stoppte die Stimme der Krankenschwester,

207

die auf Swensons Klingeln hin hereinkam, Dedes Redeschwall.

Verblüfft starrte Dede die ältere Frau an. Swenson erhob sich, beugte sich über Klara und hauchte ihr einen Kuss auf die Stirn. »Bis morgen.«

Dede rührte sich nicht vom Fleck. Swenson wandte sich um und blickte sie streng an. »Kommst du?« Die Pflegerin stand mit in die Hüfte gestemmten Armen am Bett und funkelte Dede an.

»Ach so! Ich auch?« Dede erhob sich, umarmte Klara zum Abschied und folgte Swenson hinaus.

Kaum standen sie auf dem Stationsflur, da streckte die Schwester den Kopf durch den Türspalt. »Hallo, sie da«, rief sie und winkte Swenson zu. »Sie sollen noch einmal hereinkommen.«

Swenson ging zurück und Dede stand verblüfft auf dem Flur und sah, wie er in Klaras Zimmer verschwand und gleich darauf wieder herauskam und auf Dede zuschritt.

»Was wollte sie?« Dede war verblüfft und besorgt.

»Och nichts weiter«, wiegelte er ab. »Ich soll ihr nur einige ihrer Sachen bringen.«

»Du?« Dede musterte den Mann an ihrer Seite ungläubig. »Das mache ich«, entschied sie und streckte ihm ihre Hand entgegen. Swenson äugte sie befremdlich an. Sie wackelte mit den Fingern, als er nicht reagierte, und forderte: »Schlüssel.« Er zuckte vielsagend die Augenbraue, holte aber den Schlüssel aus seiner Hosentasche hervor und ließ ihn in ihre Handfläche fallen.

»Geht doch«, sagte sie und verstaute das Bund in ihrer Handtasche. »Wann treffen wir uns wieder hier?«

»Ich habe noch einen Termin«, beschied er Dede. »Ich rufe dich an, wenn ich fertig bin.«

Dede nickte. »Tschau.« Sie umarmte ihn freundschaftlich, mit Küsschen rechts und Küsschen links, und segelte hinaus. Swenson sah der davoneilenden Dilenn nach. Im Grunde war er froh darüber, dass sie ihm das Packen von Klaras Sachen abnahm. So konnte er sich um Klaras Bitte kümmern.

Er trat aus der Kliniklobby und schritt zu seinem Auto. Er setzte sich hinein und fummelte ein wenig herum, dabei beobachtet er, wie Dede vom Parkplatz fuhr. Kaum war sie um die Ecke verschwunden, stieg er wieder aus, verschloss das Auto und lief zum gegenüberliegenden Taxistand. Er hatte Glück. Eines der gelben Autos bog von der Straße aus ein und hielt vor ihm. Kaum dass der Wagen stand, riss Swenson die Tür auf, nannte dem Fahrer die Adresse und fiel in den Beifahrersitz.

Der Taxichauffeur gab Gas und fädelte sich in den fließenden Verkehr ein.

Erschöpft lehnte Swenson sich in die Polster und schloss die Augen. Zuviel war in den letzten Stunden geschehen, als dass er sich auch nur eine Minute Ruhe gegönnt hätte. Und wie es aussah, war der Tag für ihn noch lange nicht zu Ende.

***

Swenson hob das Polizei-Absperrband hoch und kroch darunter hindurch. Er lächelte. Zum zweiten Mal missachtete er eine polizeiliche Anordnung.

Klaras Auto und die von ihr aufgestapelten Kisten waren von den Behörden sichergestellt worden.

Er hatte den gesamten Nachmittag in einiger Entfernung auf einem Baum gehockt und mit einem Feldstecher die Aktivitäten auf dem Grundstück beobachtet. Als das letzte Polizeiauto vom Gelände gefahren war, verließ er sein Versteck, um sich allein und ohne lästige Zuschauer umzusehen.

Vorsichtig kletterte er in den Kellerraum. Klara hatte ihm gesagt, er solle sich nach einem besonderen Kanister umschauen. Doch die Regale waren leer. Ausgeräumt. Er durchsuchte akribisch jeden Winkel.

Zu guter Letzt schob er das umgestürzte und jetzt wieder aufgerichtete Regal zur Seite. Nichts, absolut nichts. Er wandte sich um, wollte den Keller verlassen.

Es wurde allmählich dämmrig. Einzelne Lichtstrahlen der untergehenden Sonne beleuchteten den Kellerboden.

Was war das? Er folgte mit seinem Blick einem Aufblitzen. Irgendetwas war hinten in der Ecke, da, wo die Sonnenstrahlen auftrafen, glitzerte es.

Swenson hockte sich nieder und hob einen winzigen weißlichgrauen Stein auf. Er hob ihn zum Licht. Die Strahlen der hereinscheinenden Sonne brachen sich in ihm und die helle Kellerwand hinter ihm erstrahlte in allen Farben des Regenbogens. Sofort wurde Swenson klar, dass er einen Kristall zwischen seinen Fingern hielt. Er nahm ein Taschentuch und wickelte den Stein sorgfältig darin ein, bevor er ihn in seiner Brusttasche verstaute.

In seinem Apartment angekommen, stellte er eine Skype Verbindung mit Zac her.

Nach dem Gespräch mit seinem Boss packte er eine Tasche, nahm Püppie an die Leine und fuhr zum Flugplatz.

***

»Herein«, antwortete Klara. Ein junger Mann in Feuerwehruniform trat in ihr Zimmer und stellte sich vor.

»Guten Tag Frau Martinek, mein Name ist Wagner. Ich komme von der Feuerwehrleitstelle und ich wollte Ihnen ein paar Fragen zum Einsturz Ihres Kellers stellen und Ihnen gleichzeitig den Schlüssel zu Ihrem Lagerraum übergeben. Wir haben Ihre Sachen sichergestellt und vorläufig gelagert, bis Sie entschieden haben, was damit geschehen soll.«

Klara zog sich in Sitzposition und zeigte auf den Stuhl neben ihrem Bett. »Nehmen Sie Platz.«

Der junge Beamte war sichtlich bestürzt darüber, was sich seinen Augen bot. Klara, die seinem Blick folgte, lächelte ihn ermutigend an. Er zückte einen Stift und ein Notizbuch und befragte sie nach dem Unfallhergang. Dabei vermied er es, sie anzustarren. Seine Fragen hatte er schnell gestellt und ihre Antworten notiert. Erleichtert legte er einen Schlüssel auf ihren Beistelltisch und verabschiedete sich hastig.

Müde sank sie ins Kissen und schloss die Augen. Ein Stein fiel ihr vom Herzen. Eine Sorge weniger. So viel, wie sie verstanden hatte, sah die Polizei vorläufig keine Veranlassung, weitere Ermittlungen einzuleiten.

Die DEKRA hatte ihren Bericht an die Feuerwehr weitergeleitet und weil kein Fremdverschulden oder ein Verbrechen vorlag, wurde der Einsturz als Unfall behandelt. Klara atmete auf und wartete auf Swenson.

***

Swenson landete mit der Chartermaschine auf einem abgelegenen Rollfeld des Malta Airports.

Er stieg aus. Neben der Gangway standen Angestellte der Einreisebehörden. Auf sie ging er zu und reichte ihnen seinen und Püppies Pass. Die Beamten schauten flüchtig hinein, gaben ihm die Ausweise zurück, grüßten und verschwanden in einem Auto.

Kaum waren die Männer verschwunden, rollte eine Diplomatenlimousine heran. Swenson stieg ein und das Gefährt bewegte sich in Richtung Stadt davon. Inzwischen war die Nacht hereingebrochen. Swenson sah durch die getönten Scheiben die hell erleuchteten Straßen draußen vorbeifließen. Er saß bequem in den weichen Lederpolstern und streichelte Püppie, die begeistert ihre Nase aus dem Fenster reckte. Der Fahrer lenkte die Limo geschickt durch die spätabendliche

Rushhour, die Hauptmagistrale, die am Jachthafen vorbei führte, war überfüllt. Sie kamen nur in Schritttempo vorwärts. Nach einer gefühlten Ewigkeit hielten sie vor einem prachtvollen Barockbau an. Swenson stieg aus. Stufen führten zur Eingangstür hinauf. Ein goldglänzendes Messingschild verriet, dass sich in dem Gebäude die PCSR und damit Zacs Büro befand.

Zachariah schritt seinem Agenten und Freund, als dieser sein Büro betrat, entgegen. Er umarmte Swenson männermäßig.

»Nimm Platz«, sagte er und wies auf die Sitzgruppe in der Fensternische.

Swenson setzte sich und holte aus seiner Brusttasche einen kleinen Lederbeutel hervor. Ihm entnahm er den in Zellstoff eingewickelten Stein und legte ihn vor sich auf die Tischplatte.

»Was meinst du?«, fragte er. »Ist es das, was ich denke, oder nur ein Bergkristall?«

Zac klemmte sich eine Detaillupe vors Auge und betrachtete den Stein. Er drehte ihn zwischen seinen Fingern und checkte dabei jedes Detail, jede Unebenheit, suchte nach Einschlüssen und Verunreinigungen.

Er legte das Mineral auf den Tisch, die Lupe fiel in seinen Handteller.

»Wenn du mich fragst«, antwortete er, »handelt es sich dabei«, er zeigte auf den Kristall, »um einen fast lupenreinen Diamanten.«

Zac lehnte sich zurück, schlug die Beine übereinander und blickte Swenson an und wartete ab.

Arved nickte. »Das habe ich mir gedacht«, erklärte er. »Warten wir die Laboruntersuchung ab. Ich bin mir fast sicher, dass damit ...« Er ließ den Diamanten in das Ledersäckchen gleiten und setzte seine Rede fort: »Dass das der Grund ist, warum Klara bedroht wird. Ich habe den Stein im Keller in der abgebrannten Villa in einer Ecke gefunden.«

Er erhob sich, drückte Zac den Beutel in die Hand.

»War ein langer Tag heute. Ich gehe oben schlafen.«

Zac stand ebenfalls auf. »Die Gästezimmer sind alle frei, suche dir eins aus. Wir sehen uns morgen.«

Stunden später Swenson hatte sich ein ausgiebiges Frühstück gegönnt, traf er sich in den Laborräumen der PCSR im Keller mit Zac.

»Hier.« Zwischen seinen Finger baumelte der Beutel. Swenson griff danach und verstaute ihn an seinem üblichen Platz in der Hemdentasche. »Unsere Vermutung hat sich betätigt, es handelt sich um einen Rohdiamanten.«

Zac zog die Augenbrauen zusammen und setzte hinzu: »Es ist ein Blutdiamant und er kommt aus Afrika. Aus Westafrika.«

Er reichte Swenson einen Ordner. »Das ist der detaillierte Laborbericht. Du wirst ihn brauchen, wenn ihr zur Polizei geht und den Stein abgibt. Wobei«, setzte er seine Überlegung fort, »wo einer ist, sind meist noch mehr.«

»Ich kümmere mich darum«, versprach Swenson, reichte Zac die Hand. »Bye-bye, ich melde mich.«

20. Kapitel

»Klara bist du fertig? Es wird Zeit, wir müssen los.«

»Ja, doch«, murmelte sie in ihren nicht vorhandenen Bart.

»Das habe ich gehört!« Swenson stand im Türrahmen und beäugte vergnügt Klaras Bemühungen, sich mit geschienter Schulter in ein Kleid zu zwängen.

»Shit«, klang es dumpf unter einer Wolke aus Stoff hervor.

»Brauchst du Hilfe?«, fragte Swenson scheinheilig und seine Miene verzog sich zu einem amüsierten Grinsen.

»Verdammt noch mal – ja«, kam es unter den Rockfalten hervor. »Ich hänge hier fest«, schnaufte sie.

»Ich mach das.« Arved trat hinter sie.

»Vorsichtig«, ermahnte sie ihn. Geduldig langsam und zärtlich schob Arved ihr den Stoff über die verletzte Schulter.

Seit drei Wochen war Klara aus dem Krankenhaus entlassen. Er hatte inzwischen einige Übung darin entwickelt, Klara beim An- und Auskleiden behilflich zu sein. Unabsichtlich, ganz wie nebenbei, strich er mit der Hand von der Schulter hinunter zu ihrer Brust. Klara kicherte leise auf und lehnte sich sehnsüchtig an ihn. Sie seufzte: »Schade, keine Zeit.«

Arved nickte und schob sie sachte von sich.

»Heute Abend vielleicht«, wisperte sie hoffnungsvoll.

Arved und sie waren zu einer besonderen Feier eingeladen.

Das heißt, eigentlich waren sie beide die Hauptgäste und gleichzeitig die Gastgeber. Ein Dinner for four.

»Nein, Püppie, meine Kleine, du bleibst heute ausnahmsweise hier«, schmeichelte Klara dem Hund.

Mit einem vernichtenden Blick auf sie zog sich die Hündin in ihr Körbchen zurück, schnaufte aus tiefstem Herzen betrübt und legte den Kopf auf ihre Pfoten.

Ein riesiges, in buntes Papier eingewickeltes Paket, das sich Arved unter den Arm geklemmt hatte, erregte ihre Aufmerksamkeit. Sie wies mit dem Kinn in seine Richtung: »Was ist da drin?«

Swenson lachte. »Das verrate ich vorläufig nicht.« Er reichte ihr seinen Arm und führte sie hinunter zur Limousine, die Swenson extra bestellt hatte. Sie traten auf die Straße. Der Fahrer wartete und öffnete zuvorkommend die Autotüren. Klara sank neben Swenson ins Polster.

Sie setzten sich in Bewegung. Leise summte der Motor und das Auto glitt durch die Straßen.

»Möchtest du ein Glas Champagner?«

»Gerne.«

Arved öffnete ein in der Tür eingebautes Barfach, nahm zwei Sektflöten heraus und holte aus dem neben ihm auf einer Ablage stehenden Sektkühler eine Flasche und goss das perlende Getränk in ihre Gläser.

Er hob ihr sein Glas entgegen und sagte: »Auf dich und deinen Mut und das Quäntchen Glück, das du hattest. Prost.«

»Ich danke dir.« Sie stieß mit ihrem Glas an seines. »Ohne dich wäre ich heute nicht hier.«

»Du vergisst Püppie. Sie hat dich gefunden.«

Die Limousine stoppte im Jachthafen.

»Komm.« Arved nahm Klaras Hand und sie gingen die Pier entlang, bis sie an einem kleinen Boot ankamen. Der Skipper schien schon auf sie gewartet zu haben.

Sofort als die beiden eingestiegen waren und sich gesetzt hatten, schipperte er los. Sie fuhren auf die Ostsee hinaus, geradewegs auf eine dort auf Reede liegende Jacht zu.

Die Gangway war herabgelassen. Das kleine Boot legte längsseits an.

»Da oben?« Klara staunte. »Arved. Ich dachte, wir essen mit Dede und Nick im Casino.«

Er schmunzelte und schüttelte den Kopf. »Nein, ich habe gelogen. Wir essen hier. Ich will, dass du mir nicht davonlaufen kannst.«

Über Klaras Nase bildete sich eine steile Falte, als sie misstrauisch die eiserne Leiter an der Schiffsseite betrachtete.

Sie zögerte, bevor sie einen Fuß auf die untere Stufe setzte.

»Nun mach schon.« Swenson gab ihr einen zärtlichen Klaps auf ihre Kehrseite.

»Da soll ich hoch?« Sie drehte sich zu ihm um und murrte: »Hätte es nicht auch ein Restaurant an Land getan?«

»Wie ich schon sagte, du sollst nicht davonlaufen können.«

Klara seufzte ergeben und setzte behutsam Fuß vor Fuß auf die Stufen.

Helfende Hände streckten sich ihr entgegen. Nur noch einen Schritt über die Reling. Sie hatte es geschafft. Gleich nach ihr sprang Arved an Deck.

Der Chefsteward verbeugte sich nonchalant vor ihnen. »Herzlich willkommen auf der Baltic-Sea. Ich begrüße Sie und wünsche Ihnen und Ihren Gästen einen wunderschönen Abend. Wenn ich Sie zum Salon begleiten dürfte, Ihre Gäste sind mit dem Charter kurz vor Ihnen angekommen.«

Der Mann in der weißen Uniform wies mit der Hand die Richtung und setzte sich in Bewegung.

Klara kicherte leise und flüsterte Swenson zu: »Der sieht aus wie einer aus den alten Hollywoodfilmen. So steif und übertrieben.«

»So sollte es auch sein. Eine perfekte Show.«

Der Mann blieb vor einer Holztür mit Bullauge stehen. Ehrfürchtig strich Klara mit dem Finger über die Glaseinfassung aus blank poliertem Messing, das im Mondlicht golden glänzte. Sie traten ein.

»Wow«, verschlug es Klara die Sprache. Sie blieb stocksteif in der Mitte des Raumes stehen.

»Da seid ihr«, rief Dilenn und strahlte sie übers ganze Gesicht hinweg an. Nick trat zu Swenson, schob die Unterlippe vor und nickte ihm anerkennend zu.

»Das Essen ist serviert. Wenn ich bitten darf«, wurden sie je unterbrochen.

»Wenn Sie nichts einzuwenden haben, der Skipper würde jetzt losfahren.«

»Oh, schön, eine romantische Fahrt auf der Ostsee«, freute sich Dilenn.

Sie nahmen am großen Tisch Platz und ein exzellentes Menü wurde serviert.

Sie saßen nach dem Dessert in den bequemen altmodischen Sesseln beim Kaffee, da fragte Dede: »Ihr habt uns noch gar nicht erzählt, wie die Sache mit dem Stalker ausgegangen ist.« Sie wandte sich dabei speziell an Klara. »Was zum Teufel hat dich dazu gebracht, nachts durch ein verfallenes Haus zu krauchen?«

Swenson sah in die Runde, schlug die Beine übereinander und machte es sich gemütlich, während er Klara angrinste und meinte: »Nur zu, du bist gefragt.«

Klara räusperte sich und fing stockend an zu erzählen: »Also, ihr wisst, dass meine Eltern bei einem Raub ums Leben gekommen sind. So viel wusste ich bisher auch. Aber dass der Mörder Walter Graf war, das wusste ich nicht.«

»Dein Onkel Walter?« Dede war perplex vor Erstaunen nach dieser Information.

Klara nickte zustimmend und erzählte weiter: »Onkel Walter war nicht unser Hausmeister, wie ich immer dachte, sondern ein Mitglied der Schmugglerbande, deren Chef mein Vater war.« Sie seufzte auf. »Ja, schaut mich an, ich bin der Spross einer Verbrecherclique. Sogar meine Mutter war mit von der Partie.«

Swenson nahm Klaras Hand in seine und strich ihr mit dem Daumen zärtlich über den Handrücken.

»Wie dem auch sei. Walter und mein Vater müssen sich gestritten haben, jedenfalls brach er ins Haus ein und wurde von meinen Eltern überrascht. Dass er meine Eltern erschossen hatte, konnte ihm nachgewiesen werden und er wanderte dafür lebenslang hinter Gitter. Nur dauert bei uns lebenslang fünfzehn bis zwanzig Jahre.

Als ich ihn dann traf und so dumm war, auch noch in die freie Wohnung einzuziehen, da heckte er den Plan mit den Erpresserbriefen aus.«

»Die ersten Briefen waren also von ihm?«, fragte Nick.

Klara sah ihn an, nickte und setzte hinzu: »Und ich habe ihm sogar noch das Material frei Haus geliefert, indem ich ihm seine Zeitschriften mitgebracht habe.«

»Nicht zu fassen.« Nick war bestürzt.

»Kurz und gut«, erzählte sie weiter. »Er traf auf einen Kumpan, Bruno, aus dem Knast und erzählte ihm, dass er eine große Sache am Laufen hätte. Dieser Bruno wiederum plauderte das bei seinem Kumpel aus, einem gewissen Koschwiz. Und Koschwiz schickte Bruno zu Graf, um herauszubekommen, was die große Sache war. Bruno ging nicht gerade feinfühlig zu Werke, am Ende wusste Bruno Bescheid und er folterte Graf und ermordete ihn schließlich.« Klara nippte an ihrem Kaffee und sah Swenson hilfesuchend an. »Machst du bitte weiter.«

Er zog sie in seine Arme und erzählte weiter.

»Zu diesem Zeitpunkt war Klara schon bei mir in Schottland. Also in relativer Sicherheit. Koschwiz gelang es, Klaras Handynummer ausfindig zu machen, und er ließ jemanden aus seinem Clan bei ihr anrufen. Später heuerte er noch jemanden in Großbritannien an, der bei uns einbrechen und alles verwüsten sollte. Der hat auch Klaras geliebtes Saxophon auf dem Gewissen.«

Er lächelte sie geheimnisvoll an und sprach weiter.

»Koschwiz war verantwortlich für die Splitterbombe in Klaras Garderobe. Er ahnte, dass es noch einiges bei ihr zu holen gab. Er lauerte ihr auch vor dem Büro des Managers im Hotel auf.«

»Ich hatte keine Ahnung, was er von mir wollte«, setzte sie fort. »Am Tag, bevor ich den Unfall hatte, erwischte er mich bei mir zu Hause. Er schleppte mich in den Keller. Ich zeigte ihm alles, was mir die Behörden von meinen Eltern gegeben hatten. Er schäumte. Übrigens wusste ich bis dahin nicht mal seinen Namen. Den habe ich erst bei der Kripo erfahren. Mir gab das Ganze aber zu denken. Also beschloss ich, mich zu überwinden und zum Grundstück zu fahren. Allein. Ohne Arved.« Sie sah ihn mit einem entschuldigenden Lächeln an. »Ich bin in der Nacht nach meinem Auftritt dahingefahren und habe durch puren Zufall die Kellertür entdeckt.«

Sie machte eine Pause und blies sich Luft unter den Pony. »Der Keller war dank der Eisentür vom Brand damals fast verschont geblieben. Ich fand Akten, alte

Kartons mit verschiedenem Kram und einen alten Kanister, alles feinsäuberlich in Regalen gestapelt. Einiges trug ich zu meinem Auto. Die Regale hatten wohl die Decke gestützt. Als ich den Kanister und noch mehr von dem Zeug wegschaffen wollte, stürzten die Ablagen um wie Dominosteine und eines fiel auf mich drauf.«

»Ich hatte bis spät nachts auf Klara gewartet und mich dann auf die Suche nach ihr gemacht. Und habe sie dann Gott sei Dank gefunden. Es war knapp. Ein paar Stunden später und sie wäre an ihrem Diabetes gestorben. Jedenfalls an der Unterzuckerung.«

Swenson sah Dede an. »Als wir bei ihr im Krankenhaus waren, sollte ich doch noch einmal zu ihr gehen.« Dede nickte.

»Ja«, sagte Klara. »Ich wollte, dass er sich genau umschaut. Wegen des Kanisters.«

»Das habe ich getan und in einer Ecke einen unscheinbaren Kristall gefunden, der aber in Wirklichkeit ein Rohdiamant war.«

»Ja und das war des Rätsels Lösung. Meine Eltern waren die Bosse eines Diamantenschmugglerrings. Und Koschwiz hatte das von Bruno erzählt bekommen. Deshalb wurde Bruno erschossen. Koschwiz wollte keine Mitwisser und Teilhaber. Als Swenson, mit dem Ergebnis der chemischen Analyse aus Malta kam, habe ich ihn gebeten, die Polizei ins Lagerhaus zu lassen. In dem Kanister waren in Wasser die Diamanten versteckt. Die kann man in klarer Flüssigkeit nicht sehen. Die Staatsanwaltschaft ermittelt jetzt. Sie haben die alten Akten aufgerollt und festgestellt, dass damals die Polizei arg geschlampt hatte, sonst wäre die ganze Geschichte schon viel früher aufgeflogen.«

»Zum Glück war Koschwiz schon wegen einer anderen Sache in Gewahrsam, so konnte er nicht mehr abhauen«, ergänzte Swenson.

»Ich bin ab sofort arm wie eine Kirchenmaus. Alles, was an Wert von meinen Eltern noch da war, hat die Staatsanwaltschaft konfisziert, bis die Ermittlungen abgeschlossen sind. Aber das ist in Ordnung so«, setzte Klara fröhlich hinzu.

Sie lächelte befreit und strahlend in die Runde.

Swenson erhob sich von seinem Platz und trat zu Klara, nahm ihre Hand und schenkte ihr, ganz Gentlemen einen altmodischen Handkuss.

»Ich muss dir ein Geständnis machen.« Er drehte sich um und sah in erwartungsvolle Mienen. »Wie ihr es geahnt habt, arbeite ich für die PCSR, genauso wie Zac. Als du, Dede, ihn angerufen und um Hilfe für Klara gebeten hast, war das für uns die Chance, auf die wir lange gewartet haben.

Die PCSR beschäftig sich neben dem Schutz des Regenwaldes auch mit dem Auffinden vorn verschwunden Kunstgegenständen, und wir helfen bei der Aufklärung von Cold Cases. Meine Aufgabe war es, dich zu beschützen«, er lächelte Klara strahlend an und sprach weiter, »und gleichzeitig sollte ich den Kontakt zu dir nutzen, um die Blutdiamanten zu finden.«

Er senkte den Blick und flüsterte: »Sei mir nicht böse, aber ich habe dich ausspioniert und dabei gelernt, dass du absolut integer bist. Entschuldige bitte.«

Klara schluckte trocken. Arveds Geständnis verschlug ihr wahrhaftig die Sprache. Das musste sie erst einmal verdauen.

Sie erhob sich und ging gemessenen Schrittes hinaus. Sie trat an die Reling und schaute auf die nachtschwarze Ostsee. Das Meer unter ihr war ruhig, der Mond spiegelte sich im Wasser. Sie atmete die salzig-würzige Luft ein und einen Moment lang fühlte sie sich verraten. Aber das Gefühl hielt nicht lange an, nachdem sie sich seine Entschuldigung und Gründe ins Gedächtnis gerufen hatte.

Schritte kamen näher. Dilenn legte ihren Arm um ihre Schulter. »Wirst du ihm verzeihen?«

Klara wandte ihren Kopf und nickte. »Ja.«

Dede lächelte und atmete auf. »Dann lass uns hineingehen. Ich glaube, Arved hat noch ein Geschenk für dich, wenn ich das riesige Paket, das er mitgeschleppt hat, richtig deute.«

Die beiden Männer waren nach dem Espresso zu etwas Härterem übergegangen. Sie saßen sich gegenüber, jeder ein Glas in der Hand, und unterhielten sich leise.

Swenson stellte seinen Whiskey ab und sprang auf.

»Klara, wir kennen uns noch nicht lange, daher wäre es vermessen, dir einen Heiratsantrag zu machen. Aber ich liebe dich und da wir auch in Zukunft zusammen sein werden, wie ich hoffe, möchte ich dir etwas schenken.«

Klara hatte die Hand auf ihre Brust gelegt und rang hörbar nach Atem. Sie wusste nicht, wie sie mit der Situation umgehen sollte. Ja, sie liebte Arved, aber wie er gesagt hatte, sie kannten sich erst ein paar Wochen. Sie lächelte ihn hilflos an.

Ein Steward trat nach einem kurzen Anklopfen ein und reichte Swenson das Paket, das er mitgebracht hatte.

»Danke. Als ich dich kennenlernte in Schottland, hattest du ein altes Saxophon dabei.« Klara hob den Blick und nickte betrübt. »Du meintest damals, du wärst Anfängerin. Wie sehr du dein Licht unter den Scheffel gestellt hattest, merkte ich, als du in dem winzigen Musikgeschäft auf dem roten Tenor gespielt hast.« Er reichte ihr das Paket. »Mach's auf. Vielleich ist es ein brauchbarer Ersatz für dein Altes.«

Ohne viel Federlesens zu machen, schälte Klara aus dem Papier einen Lederkoffer. Sie öffnete den Reißverschluss – und im blauen Futteral lag das rote Tenorsaxophon.

Ihre Augen verschwammen in Tränen. Vorsichtig, fast ehrfürchtig strich sie mit den Fingerspitzen über das glänzende Metall.

»Danke«, hauchte sie, während die Tränen über ihre Wangen rollten.

»Du solltest es ausprobieren.« Swenson zog aus seiner Hosentasche einen Saxholder und reichte ihn ihr.

Im Handumdrehen hatte sie das Instrument zusammengesetzt. Sie nahm das Mundstück zwischen ihre Lippen und spielte einige Tonleitern rauf und runter. Es klang scheußlich.

Enttäuscht legte sie das Instrument weg. »Es ist kaputt. Es intoniert nicht richtig.«

»Ähm.« Arved grinste sie schelmisch an. »Ich glaube, ich habe was vergessen.« Er nahm ihr das Saxophon aus der Hand, kippte es nach vorn und aus dem Schallbecher rutschte ein kleines Samtkästchen in seine Hand.

Er kniete sich vor sie und hielt ihr die geöffnete Schmuckschatulle hin.

»Klara, ich liebe dich und ich möchte mit dir den Rest meines Lebens verbringen und wenn wir schon nicht gleich heiraten, dann vielleicht später.« Er blickte ihr von unten herauf voller Hoffnung in die Augen. »Nimmst du meinen Ring als Versprechen?«

Über Klaras Miene flog ein strahlendes Lächeln. Sie beugte sich zu ihm herab, nahm sein Gesicht in ihre Hände, ihre Lippen fanden seine. Sie küsste ihn und sagte schlicht: »Ja.«